翠拂行人首

子愷

EX-LIBRIS

小思

著

翠拂行人首

黄念欣 编选

中华书局

图书在版编目（CIP）数据

翠拂行人首/小思著;黄念欣编选. —北京:中华书局,2015.4
ISBN 978-7-101-10539-1

Ⅰ.翠…　Ⅱ.①小…②黄…　Ⅲ.散文集–中国–当代
Ⅳ.I267

中国版本图书馆 CIP 数据核字(2014)第 253134 号

书　　名	翠拂行人首	
著　　者	小　思	
编选者	黄念欣	
责任编辑	焦雅君	
出版发行	中华书局	
	（北京市丰台区太平桥西里 38 号　100073）	
	http://www.zhbc.com.cn	
	E-mail:zhbc@zhbc.com.cn	
印　　刷	北京瑞古冠中印刷厂	
版　　次	2015 年 4 月北京第 1 版	
	2015 年 4 月北京第 1 次印刷	
规　　格	开本/880×1230 毫米　1/32	
	印张 11⅜　字数 200 千字	
印　　数	1–6000 册	
国际书号	ISBN 978-7-101-10539-1	
定　　价	45.00 元	

目 录

二

亲炙的滋味（代序）

黄念欣

今年五月份在岭南大学的一个会议上，遇上好久不见的研讨会稀客钟晓阳，我不禁走上前挽着她说："见到你真温暖。"她却回答说："刚才坐在小思身旁，那种感觉才叫温暖呢。我现在始知什么叫'亲炙'。"她说的我当然明白，也当然同意。

黄继持师早于《试谈小思——以〈承教小记〉为主》一文说过："读小思的文章令人气静神凝。这里故意不用'气定神闲'的'闲'字，怕引起类似'闲散'、'闲逸'的联想"，确是定评。所以若说卢师小思让人"如沐春风"，总觉未尽其神，因为"暖风熏得游人醉"，不是读小思散文的经验。小思的温暖，总带有一点点亲近的教化、灼热的省思与不安，一种陶铸人群的儒家精神。

说到儒家精神、中国传统，兼之近日香港讨论德育及国民教育之风波，大家很容易把儒家与约束规范，克己复礼划上等号。夏济安曾于《旧文化与新小说》一文中遗憾地指出儒家思想在民国以来没有产生过什么重要的文艺作品，甚至说"我们还没有看见一部文艺作品，是在新儒家思想的影响下写成的"①。此文距今虽已超过半世纪，夏先生所着重讨论的亦是中国现代小说之表现，但仍能让我们细想，在两度打击下，儒家文化对中国现当代文学还可以有怎样深刻的影响与对话？

这恐怕不是一篇短短的序文能够解答的大哉问，但我仍希望在此提出一点看法：儒家精神在文学上的表现肯定不只一种，但小思散文所映照出来的光与热肯定是其中一种。这固然不算是很有想象力的联系，谁不知道小思师承大儒唐君毅、牟宗三诸先生，以教育薪传为己任，以至穿梭古今诗文时的一派儒雅气质。但我所指的儒家精神更是在这些因缘以外的，那是从人性出发，了解人生悲欣起跌，感受鸢飞鱼跃一花一草，并由文学发扬出来的一种生命体会。

一

丰子恺的漫画世界自有其风神隽永的自足之处，但我始终认为明川（小思）的《丰子恺漫画选绎》系列散文对诠释丰先生的笔下世界功不可没。雅正的文风与画风心心相印固然是其中原因，然而小思作为一位天生的文艺教育家，我觉得当中偶尔稍稍点破题旨或启发诱导的文字，正是《选绎》的风格与精神所在。例如读者可以认为《草草杯盘供语笑　昏昏灯火话平生》中最后一句"但没有那个蹲着吹火的人更可爱！"太扬露作者对侍仆阶级的不平，又或如《小桌呼朋三面坐　留将一面与梅花》中作者还是禁不住把留座梅花的雅兴与香港人"三缺一"的世俗思维联合来唏嘘一番。这种直言感慨，不放弃任何触类启发机会的写法，在散文作法上高下如何，仍可商榷；但在"选绎"的层面上，我认为小思罕有地把散文的抒情与文学教育功能结合起来，用短小的篇幅，清澈的观点，以一种杠杆原理支撑起一个文章以外的大千世界。

　　小思曾经说过，丰先生的《护生画集》，在同仇敌忾的抗战岁月里，曾是极不合时宜的，但狂流日子过后，我们才会发现，那个有诗、有杨柳、有儿童、有万物生灵的有情世界，正是乱世中人最需要向往体会的。这实在是我多年来阅读丰子恺散文与画的最重要的一块敲门砖。《论语》中所谓"风乎舞雩"的境界，对终极理想世界之渴念，在丰子恺的漫画中随处可见，在小思的散文中亦持续可见，当中的承传，诚如《石门湾的水依旧流着》所言："人的年寿有尽的时候，但有些事情是超乎年寿的。他传递的信念，像盏灯，自有后来人，接着！"为此我把这一批早年的作品放在文集之首。

二

小思散文的许多名篇，无疑都来自《承教小记》；说到以教育为题材的散文，更是驾轻就熟，卓然成家。这都让我们很容易忘记，教育其实是怎样屡遭困顿的一项终生事业，面对的挑战考验又是怎样日新又新。小思的言教身教，经验之谈，自然是无数好老师的楷模与启迪之源，但我在这些散文中更多读到的是种种反省、检讨、困惑与求索。清新者如写于一九六九年的《活的一课》，活现了一个青年教师自得后的顿悟，令人惊叹小思原来也有青涩时。追念唐君毅老师的几篇则不但见出学生对先师依依不舍之情，也直写了师生间软弱迷惘时的相知与互信。《师徒关系》一文说得清楚："川上山上，老师都有过寂寞无奈的试探。门徒从师学艺，从无到有，过程中也得付出很多，不是平白呆坐，等待饲养。"传授艰难，承教也难，但师徒恰巧就是相互在生命中共历了授受的历程，缘分不浅。

关于教育工作者，小思有许多妙喻，其中常提到的有"纤夫"，有教学经验者自有个中辛酸的领会，但我更喜欢的是另一个比喻，就是黑泽明电影《红胡子》中的老医师。读《〈红胡子〉精神》总会勾起我再看这部电影的渴望：小女孩一次又一次拨开老医师手中的药匙，红胡子医师始终面露笑容，侧一侧头又重新再来，然后小女孩推拨药匙的力度渐次减弱，到最后终尝一口。那种坚持的感动，那种教育工作者与医者之间的联想，惟小思有此感悟。二〇〇二年卢师荣休，声言从此退出江湖，钻研吃喝玩乐的小思却屡屡"食言"，在报章上持续发表对当前最新教育政策的见解。篇幅虽短，却情理实例兼备，本集抽取其中有关"通识"教育的数篇，以证小思对教育之关注，实在是不可能有终点的。

三

小思毕业后执教鞭七年，后得唐君毅老师的劝导前往日本京都大学任研究员一年。此事见于《承教小记——谨以此段文字追念唐君毅老师》，复再于《蝉白》中细数其中意义。有关日本一年之纪事细见于散文集《日影行》，当中两国文化的对照，以及历史恩仇与唏嘘，在五四留日中国作家一脉中早有承传。但物换星移，京都一年对小思为学为文的意义，更多了种种激励与婉转，实在是很值得有心者探索研究的。这里选收早年《日近长安远》、《京都短歌》，以至近年的《那一夜》和《南禅听泉》，让读者体会小思对日本的几种情感，并从这关键的京都一年，看小思如何在一个勤恳有承担的教育工作者之上，添加散文家的善感与哲思。

在现代散文课上小思尝言及晚明小品与西方 essay 与现代中国小品文的关系，当中提到晚明小品之耽溺，而小思散文与晚明小品一路最大分别也许就是洗脱了这份耽溺。诚然我们可以从《秋之小令》、《冬之小令》此一系列文章中得见四时流转之美，但即使如春日持伞看新绿，一室之中静观苔色此等正宗闲情雅事，在小思文章中亦多见物我之间的积极对话，好像"每天下课回来，静静看住几盆苔，宛似精神沐浴，悠然清新。然后，平心静气开始在灯下改卷子"这种收结，实在是积极多于耽美。犹记得小思昔日教导我们"每日静对自然五分钟"，同学之间有多少能做到的不能知，但老师身体力行，经常在早课前的清晨七八点间在新亚圆形广场得见她的身影却是事实。在小思的写景散文中，不论江南还是京都，皆确见山水有情，惟此一有情山水，始终与一个明澄的思维，平等、耐心、珍重地对话着。

四

说到香港、说到湾仔，在小思的散文中也许不比中国或京都简单。小思的香港情怀，在她的学术与文学世界同样精彩。散文作品主要见于《不迁》、《香港家书》、《香港故事》；学术贡献则见于《香港文学散步》及所编撰的《香港的忧郁》、《香港文踪》、早期香港文学作品选及藏于香港中文大学图书馆的香港文学资料档案。小思的香港研究千丝万缕又堂庑甚深，并非这本散文集要处理的内容，但无论学术考据还是个人忆旧文章，小思对笔下的"过去"都有一种"慎终追远"的珍重之情。这里说的"终"和"远"不一定意旨消极的死亡与流逝，而是包含中国人期望万事万物尽量终始俱善的理想，对故人、故事和故物，无不尊重、记取和保留。

在此慎终追远的前提下，小思的怀旧却有相当活泼的面貌。除了以细致白描叙写香港身世朦胧的《香港故事》、睹物思旧的精致小品《怀旧十题》，以及遥寄粤曲、粤剧和粤语片文化的《人间清月——敬悼任姐》、《旧衣冠》和《粤语片启示录》以外，这次编选过程中还有两大收获。一是满足了儿时对敬爱的老师的好奇心，得见小思小时候的成长与个性，以及与父母共度的悠闲时光点滴。《紧张》是让人莞尔的好文章，见识过卢师处事之谨慎周详的人，自能体会这篇自况短文的《世说》笔法。《故事》记亲戚长辈间聊起的旧闻沧桑："她们撩拨了我沉寂已久的记忆系统，我努力搜索她们所说的前前后后，企图重构失落已久的生命。"结合一篇篇儿时记忆、街角回声，很能让人同感怀旧的温柔与痛惜。小思写父女之情亦不少，说到娱乐及饮食的口味，更有"饮下午茶，我算是家学渊源"、"我吃零食的习惯，是父亲嫡传一派"的自豪！近年小思在专栏中写父母形象愈见丰富与俏皮，《睇大戏》和《母亲的说法》最见父母二人不同调教方法的有趣对照，这种鲜明的教育角色分工，我认为甚具参考价值，也许可以在现时五花八门的育儿理论闷局中，打出一扇透气的窗户。

另一点意外的收获就是认识到小思广泛的品味与兴趣，一切从《骨子》一文说起。文章从广州方言"骨子"重温一个时代的别致、精雅、玲珑，由此再看其他篇章如何由一方日本纱帕追记炎夏的清凉，从一颗牛奶糖记录童年满足的滋味，足可看见小思近年专栏文章内常见的"骨子"风味。再加上《我与娜拿的挣扎》写小思连日"打机"攻克《盗墓者》的沉迷与启悟，以及因为篇幅关系未及在本文集收录的各种旅游笔记，我真切地感到，近年小思短文中"游于艺"的况味，其实很值得营营役役的香港人细嚼。

五

小思曾笑言自己是一个"嫁了给中文系的人"，那么文学与书，的确与她的生活与文章不可分割。卢师的学问向以资料详尽与考据精密见称，很容易让人忽略她在长久的课堂教学中精准、有感、甚至爱恨分明的文学意见，如何深深地影响着一代人对文学品味的追求与作家生命的追踪。《书林撷叶》看似闲闲几笔，却准确地速写了西西、钟玲玲、何福仁、淮远的四部作品的神态气味，知情者更不难体会出当中所代表的"素叶精神"之四端。这种敏锐在关于五四作家的文章中有更可歌可泣的写照。《染血的水袖》用拟物法写一代作家老舍临终前不忍的一幕；《赤都云影》写"东方稚儿"瞿秋白热血与童真视觉下的红色饿乡；《细读》以下几篇从评改的角度写沈从文才情以外的文字坚持。

然而小思最放不下的，可能还是中国一代女作家的命运。读《借箭》与《斯人寂寞》，除了认识萧红生平里的一段感情公案以及女作家的骨灰在香江的下落以外，更能总结小思多年来"文学即人学"的信念。她的"五四女作家研究"课上从来并没有眩人的理论或长篇的文学史背景，这些在图书馆内无数参考书中自有答案，卢师总是在一则又一则作家生平轶事，或一二精彩图片与书信之间，执住我们的对文学的"起心动念处"，让大家下课后仍念念不忘。本文中最后收录的《萧红〈呼兰河传〉的另一种读法》，最能说明小思读文学的方法、品味与眼光，紧紧抓住"人性"共同的荒凉，以说明萧红以一己的寂寞记录整个时代与世情的艰辛。

对于亲历卢师教诲者如我，编选《翠拂行人首》注定是一场承教之旅的重温，于是原本一个主编应有的许多责任与承担，都只能在一个承教者的虔敬与忙乱中勉力完成。感谢舒非姊的包容与协助，以及"香港散文典藏"策划人的信任。世道纷纭，展读小思散文却仍让人能有所执持，有所期盼，期望《翠拂行人首》的读者都能体会一种亲炙的滋味，透过文字，重拾每个人都曾经拥有过的，珍贵的承教时光。

---

① 夏济安：《旧文化与新小说》，《夏济安选集》（台北：志文出版社，一九七一年），页二。原文载于《文学杂志》三卷一期（一九五七年九月号）。

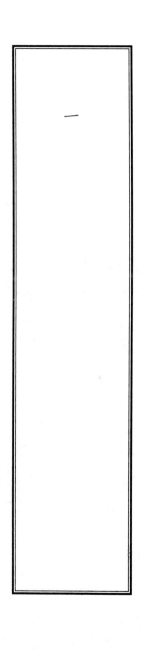

小桌呼朋三面坐　留将一面与梅花

　　老天,那该打的家伙居然说:"三缺一,麻将搓不成啦!"宽恕他吧! 局促的都市人,实在难有多一点点美丽的联想。无论什么地方,四个人坐下来,麻将方块散开,便没有其他感情,全陷入了弥留状态——对不起,我只能想到"弥留"这个形容词!

　　现在,试想想:山斋小小,竹篱旁、梅树侧,算只有清茶水酒一盏,朋友来了,呼朋三面坐下,热情无限。留将一面与梅花,不只赏梅,还把梅花当成朋友,那就是天真无限,雅兴无限。

一九七〇年六月五日

当筵呼朋三面坐·留将一面与梅花

1941 水

3

草草杯盘供语笑　昏昏灯火话平生

四碟可口小菜是可爱的，但纷陈的零食更可爱！

油灯相照是可爱的，但蜡烛明月更可爱！

老友正襟坐着谈天是可爱的，但盘了腿歪歪斜斜坐在草地上更可爱！

东拉西扯谈只要不谈俗务是可爱的，但谈闷在心里的话更可爱！

有一只懒猫看着我们是可爱的，但没有那个蹲着吹火的人更可爱！

一九七〇年五月二十二日

草草杯盤供語笑皆之燈火話平生

豐 1936

寒食近也　且住为佳

这山城，"局促"是它的名字。住在里边的人，只知道一方呎土地，值得两千块钱。多少人有过这种联想：清明前，细雨纷纷的日子，有客拼了泥滑，拨开柳条，踏着落花，跑上山来看你。你开心透了，说着："亭苑荒凉，亦堪款客。寒食近也，且住为佳。"小孩童也扯着衣衫嚷道："伯伯别走。"于是，客就不推却，果真留下来，与你对酌细谈，住过了清明才走。

在这山城，去看朋友，留你吃一顿饭，还不打紧，可别天真得想住上两天，就是有不懂事理的小孩拉拉扯扯说别走别走，也别当真，因为：它的名字叫局促——住的环境和人情味都一样！

一九七〇年六月十九日

寒食遊也
且住為佳

7

煨芋如拳劝客尝

也许，如拳大的煨芋并不好吃，但主人的一番情意却值得珍重。

记得那年，从阿里山跑下来，还未赶到山下，已经日落，只好到山村人家投宿一宵。对于老主人夫妇居然肯让一群陌生人住进屋里，身为香港人的我们，感激成分很少，只有满心恐惧，就怕人家立下什么歪心。刚睡下来，突然有人叩门，吓得全身是汗，难道谋财害命的黑店主人要动手了？就跟他们拼一拼罢！可是，门开处，只见老人家提了一篮山桃，又殷勤又歉意地说："夜已深了，山野荒村，没有好东西款待你们，就摘些桃子，你们润润喉吧！"

到如今，桃子味道如何，全都忘了，但主人情意，却盈盈于怀。

一九七〇年七月三日

猥芋奶奉劝客尝

前面好青山　舟人不肯住

好一个聪明快乐的舟子。

好山好水，本该依依才对，他却偏不肯住，还说他聪明？是因他心不旁骛直奔前程么？是因他快去快回，能多赚几个铜板么？都不。根据佛家说：世上好的坏的都是虚幻。过眼云烟，看看倒不妨事，但若执著地要住、要占有、要属于，那就是把心托在虚幻上，仿似想站在云端，自然到头来了无着落，痛苦烦恼便由此而生，因此，《金刚经》说："应无所住生其心。"

从前听说僧人不会在阴凉桑树下住上三晚，为的是怕生了感情，伤了静心，觉得十分不对劲，但自己失落得太多之后，就只能说服了，服了。

一九七〇年七月三十一日

前面好青山
舟人不肯住

溪家老妇闲无事　落日呼归白鼻豚

赶得气啾啾，好容易才从像蝗祸般的汽车群中钻出来。天见怜，努力冲刺，让我追及一班正要启航的轮渡。就是那么的一个世界，到处是人碰人，有不完的工作、娱乐、约会，一会儿挤巴士，一会儿挤地铁……等我老了，不再工作，便到乡下去，买间茅屋，要一泓溪水，有竹篱笆，有小山，然后，养些小动物，还干些什么？古代人才织布、打线球，我吗？该看看书，不妨磨墨写字。什么都不理会，闲闲的，就只等黄昏，朝门外喊："回来啰，太阳下山啰。"小动物都回来了……等一等，渡轮泊岸了，要挤车，有机会再想下去。

一九七〇年九月二十五日

溪家老婦閑無事

薄日呼歸白鼻㹠

垂髫村女依依说　燕子今朝又作窠

据说：燕子是多情的。每年，春风还薄薄的时候，它们就从老远的地方回来。回到旧日曾住的雕梁藻井、檐下廊边，细语商量不定。它们忙了剪风裁柳，忙了衔泥作窠，又忙了呢喃诉说许多远方可悲、可喜的故事。年年，从不爽约。

人对人说："明年，燕子再来的时候，我就回来了。"不论是挥鞭，还是解舟，终归都是去了。

今朝燕子果真从切切的盼望中回来。小女孩实在高兴极了，傍在人的身边，依依地说："看！燕燕又造窠啦！"

多情的燕子、无知的小女孩，可知道：你们正在伤着人家的心哩！

一九七〇年十月九日

14

垂髫村女倚门说
燕子今朝又作窠

15

翠拂行人首

昔我往矣，杨柳依依。

当年，湖畔有香尘十里，春风把柳陌的碧绿都凝住，映着半湖闲闲春色。

那时，我还年轻，总爱过着雕鞍顾盼，有酒盈樽的疏狂日子，等闲了春的殷勤，柳的依依。

有一天，我向江南告别，只为自信抵得住漠北的苍茫。我对拂首的柳说："你别挽留，我有出鞘宝剑，自可不与人群。"

蓦地，我从梦中醒来，发现了雨雪霏霏，发现了满头华发，发现了四壁空虚。我已经很累了，什么都不愿想，只想念曾拂我首的柳丝。

一九七〇年十月三十日

翠拂行人首

1925

人散后 一钩新月天如水

人的一生，遇上过多少个一钩新月天如水的夜？

此夜，可能是良朋对酌，说尽傻话痴语。

此夜，可能是海棠结社，行过酒令填了新词。

此夜，可能是结队浪游，让哄笑惊起宿鸟碎了花影。

此夜，可能是狂歌乱舞，换来一身倦意，却是喜悦盈盈。

但，谁会就在当下记取了这聚的欢愉，作日后散的印证？蓦然回首，人散了，才从惘然中迫出一股强烈的追忆，捕捉住几度留痕。

聚、散，聚、散，真折煞人了。

今夕，人散后，夜凉如水，请珍重加衣。

一九七〇年十二月四日

人散後，一鉤新月天如水

今夜故人来不来　教人立尽梧桐影

　　来？不来？在那一弹指顷来？在千万劫后才来？还是日换星移了也不来？

　　如果肯定是不来了，我会痛痛快快一走了之，虽然很苦，但也很爽快。或许，我会哭着哭着，吊那逝去的梧桐影子。偏偏就碰上这"不可预料"。不能走，因为恐怕刚走开，便来。也不能哭，生怕来了，赶不及抹去泪光。也更不能生气，只为没谁说过来或不来。

　　是谁？戈多还是撞树的兔子？

　　"若有所待"！是它描绘了整个人生！

一九七一年二月二十六日

今夜故人来不来　教人立尽梧桐影

卧看牵牛织女星

"汉之广矣。不可泳思。江之永矣，不可方思。"

夜夜，看横亘漠漠天庭不知道多少年代的银河，有人自会潸潸落泪，痴得为他数遍指头等那七夕来临。

别信那些慰人的谎话，那盈盈一水，并不是清而且浅，要泳也要不少光年。抬头看，何曾有多情喜鹊，为他俩架起可渡的长桥？

七夕，只是个叫人记起伤心故事的日子。其实，用不着担心这古老的故事会湮没无闻，因为——

世上从没有新鲜的爱情故事，千年万代，重现又重现，叫人伤心，你要记的只是许多不同的名字罢了！

一九七一年九月三日

卧看牵牛织女星

衔泥带得落花归

春来，春尽，本是无比平凡的事，但年年，总惹来无数的兴奋、叹息，只为她曾灿烂得如此动人心弦，又曾零落得一去无迹。

竞夸轻俊的燕子，该是细意营巢，却又带来片片落花，惜春者便另有怀抱了。那边，有人袖手轻喟，为的是"情知春去后，管得落花无"。这儿，有人凄然下泪，是因"惜春长怕花开早，何况落红无数"。

春且住！尽管竭力留春，她还得要去！

就只好，留了点点残英，记取许多回忆。也让她洁来洁去，漂流处，莫趁潮汐。

一九七一年十月二十二日

唧
泥
芊
得
落
花
归

1940 TK

一枝红杏出墙来

那是一堵高墙，却挡不住天地生机！

有一株杏，在雨水轻洒过后，就擒住了青色三分，不在流水，也不在尘土，春光已经偷偷像个无赖儿，闲倚在墙头向行人招手了。

历来，就偏爱这一个"出"字，是那么不犹豫，那么放肆。墙又如何？谁要镇日幽闭？管他墙里墙外，摇曳地就出来了！

行人，蓦然回首，好好看凝在枝头的春！

红杏不属于行人，行人也不属于红杏，此际，却是两两相属！

一九七二年一月二十八日

一枝红杏出墙来

1940TK

27

有酒有酒　闲饮东牕

古来圣贤皆寂寞！都只为那情操那襟怀，少人领受得了！在高处，悠悠茫茫，古人足音渐远，应来者未来，那岂只是寒？

遣怀、遣闷、遣闲，有酒有酒！

陶潜低吟："泛此忘忧物，远我遗世情。"

刘伶一笑："枕麹藉糟，无思无虑，其乐陶陶。"

传说鬼为夜哭，只为仓颉造字透露了天地机微。那么，鬼应再哭，因为人造了酒，也透露了人性的机微。醉眼中，定有一片苍茫！

"有酒有酒，闲饮东牕。愿言怀人，舟车靡从"。

一九七二年二月二十五日

有酒有酒
肉飲東牖

潇洒风神永忆渠

"潇洒风神永忆渠"！这是跟丰子恺先生有五十多年交情的朋友，对丰先生的悼念诗中一句。

细细读着丰先生的学生潘文彦君编的《丰子恺先生年表》，真是百感交集。

别的不说了，只说所感最深的两件事。第一件：这年表的出版人是新加坡檐卜院的广洽法师，稍注意丰先生事迹的人，都知道丰先生曾对他的老师弘一法师，许下一宗心愿，就是愿以《护生画集》作为祝寿的献礼，画满六册，满一百幅，正好是法师百岁。这宗宏愿，并没有因为社会环境、政治情况的变化而受阻，其中最重要的因素，是丰先生有个方外挚友广洽法师，在海外为他奔走募款出版。在年表里，更清楚看到这对深交五十多年的朋友，那种不渝的情谊。生前，有朋友关注，为自己奔走以了心愿；死后，有朋友专程祭奠，为自己出版年表，有友如斯，丰先生真是幸甚幸甚。第二件：这年表的编写者是丰先生的学生，而这个学生竟是"攻读电气工程"的。看"后记"文字，就了解他许下为老师编写生平事略的宏愿，要好好完成，委实艰难。"彼时实为环境所不许，工作迟迟未能有所进展。秋风萧瑟，梧桐叶凋，一年辛苦，检点所作，仅书卡、编目、文摘而已。"但终于在丰先生的亲友故交、学生胡治均、女儿一吟的帮助下，完成年表。个中困难，恐不是局外人能明白，正因如此，年表里包涵了学生对老师的一往情深。生前死后，都有学生如斯系念，丰先生真是幸甚幸甚！

丰先生为什么能享有这些"幸甚"？细细一想，便晓得这并非人人能享。人情交往，不失率真，也没利害争衡，除了少数势利存心，不可感动的人外，恐怕谁也不会对丰先生有什么不爱不敬的理由。他对天地间无私的爱心，对人和事求真善美的态度，就是连我们无缘见面只看作品的读者，也在千里外受到感动，那何况和他日夕相处，感情直接交流的人呢？

风神潇洒，但愿永存人间！

一九七九年八月十三日

石门湾的水依旧流着

——丰子恺先生逝世五周年祭

石门湾的水依旧流着，纯朴的乡人依旧过着日出日落的平凡生活；而在这块土地上，毫无印记，提醒人们：这里曾孕育了一个可敬可爱的人——这个人在过去几十年里，凭着明慧和宽容，用文字和画，给我们带来温馨和爱。——而这个人已经离开我们五年了。

不知道从什么时候开始，世道会变得如此怪异："温馨"是腐化的表征，"爱"是嘲讽的对象。怀疑和怒火龁着人心，像患一场高热病。从此，人们眼中看不见春阳朗月、嫩草鲜花，只看见烈日暴风、荆棘败叶。

这时候，在小小的日月楼里，他——丰子恺先生沉默地仍握着笔，重复又重复画绘有杨柳、有诗、有儿童的画，抄下一首又一首含蕴着古人温厚特质的诗，译了一页又一页日本古代的故事。

在狂流暴风日子里，连沉默也成了一种罪状。恕我是卑微的人，我问：他怨么？恨么？他还相信率真和爱么？亲近他的人说：他默默喝一杯酒，然后平淡地闲话家常，或者用漫画家的幽默，恰当的叙述描绘一些事和人。他会跟小孩子玩耍，跟爱他的画的三轮车夫聊天。

他在等待！

石门湾的水依旧流着。他是个爱乡土的人，回去喝过一勺故乡水后，归来，就安详躺下了。

他倦了么？不！宛如温柔的江南一湾水，恒久不断注入海洋，他的意念和他所信的，也静静地流满人间。

他等待，等待迷恋伪和恨的人们，像荡游罢的浪子回头。等待东风解冻，第一丝绿意自冰硬石隙、寒瘦枝梢冲出。

有人说：都五年了，骨灰已冷，还说什么等待？

人的年寿有尽的时候，但有些事情是超乎年寿的。他传递的信念，像盏灯，自有后来人，接着！

骨灰虽冷，他不计较。且看：

石门湾的水依旧流着！春天还是会来的。

一九八○年九月十五日

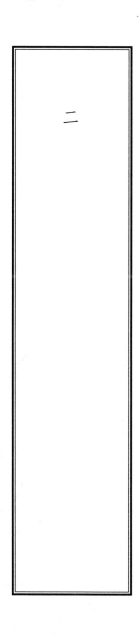

活的一课

　　一个很晴朗的下午，我跑到浅水湾去，不是游泳，不是旅行，而是，上了活的一课。

　　是开放日，但这所学校却没有摆设些什么，至低限度没有堂堂皇皇的"图文并茂"场面。大概我是去迟了点，打正门进去，没有招待人员列队欢迎或来宾签名仪式，冷清得连校役也没个，使我冷了半截。好容易才打听得人们都在礼堂里，于是转弯抹角总算到达礼堂——的后台。哈，你说奇怪不？我竟会跑到人家的后台去。在那儿正站着一群十一二岁的小孩子，等着出台表演。可是，也许他们不想错过看别人表演的节目，于是嚷着要老师把通往前台的小门打开，好让他们能探头出去听听看看。职业本能使我反应得很快，立刻为那位老师设身处地想：唔！你们这班小鬼，门没有打开，已经吵成这个样子，打开了，还得了？

一方面会影响台上表演的情绪，另一方面你争我夺去看，秩序如何维持？唔！好啦，既然这样热情请求，就开吧。可是，你们得守秩序，你们得静静的，你们得……还要说？自然一大套"老生常谈"的训词了。但令我既失望又惊讶的，那老师没有如此做。只见她笑笑，然后简洁地说："开门，你们闭嘴；关门，你们谈笑。二者任择其一。"孩子毫不犹豫地选了前者，教师毫不犹豫地开了门，竟是如此爽快利落！这出乎意外显然使我有点生气。哼！毫无疑问是个初入行的教师！等着瞧，一会儿，学生不吵个半死才怪！就看看这活剧怎样收科，这倒霉老师如何下场。可是，我老早准备好的那副"幸灾乐祸"表情，始终没派用场，因为自从那门开了，直至轮到孩子上台去的一段时间内，他们真的一声没响过。由于低估了教师的能力和学生的信用，使我满怀咎歉。但我不能细想，必须赶快跑到台下坐定，敛神细看全由学生主持的游艺节目。

原来，开放日的标题是：联合国。不用图文，却由学生扮演各国代表，实实在在的开会、议事、表决。我正赶上看他们的闭幕仪式。台上表演的全是具有浓厚国家代表性的歌舞。只要看到那些简单而不失真的节目，就知道一定多是孩子的杰作。背后没有教师"呕心沥血"的监制和雕琢，一派纯真、但又不失规矩的表演，使人看了既佩服又开心。散会后,学生在动手执拾场地,没有任何教师"指导",他们的行动充分表现平日训练有素。

真的,我上了一课。学生的能力是深藏而丰富的矿。必须先信任他们,让他们也建立自信。到时候,会发现他们好上自己十几倍。但对于长久在老师"提携"下的学生,要信任,放手让他们自己干,而又不出乱子的,那还要付出很多的耐心和时间。

最近,有机会让我实习这学到的一课,我愿"信任"使我的学生学得更多,做得更好!我愿"信任"使我更能欣赏和了解他们!我愿我不会失望!

一九六九年七月二十五日

薪传略记

传火于薪，前薪尽而火犹传于后薪也。薪火相传之无尽，人只见前薪之尽，不知火传于后薪，永无尽时。

读着这段文字，心里很触动。想想：一堆柴薪为了供给光和热，毫不计较地拼命燃烧自己，渐渐成炭成灰。人在旁边看，总叹息说："尽了尽了。"谁料得，火，已在燃烧中，由前薪传到后一堆柴薪去，尽的只是躯体，火却永无尽时——只要后继有薪！

我很幸福，自小就遇上许多好老师。由小学到大学，他们像毫无痕迹地，一点一丝影响了我，点检一下，要细细道来，也不是件容易的事。但，时间并没使我记忆褪色。从自己当起教师的时候起，面对着学生，老师的面貌音容，反而一天比一天，在脑海里浮现得更清晰。香港教育制度很容易令人气馁，有时候，学生的表现也叫人会一下子颓丧了，我也许会说些赌气话。可是，只要静下来，想想老师可能都曾遭到同样的挫折，而他们竟仍默默地承担下来，走着一条漫长的道路，气便平息了，第二天，依旧欣然踏进课室去。

我很幸福，自教书以来，遇上许多好学生。说好，并不是指成绩最好，乖乖听话的那一种。当然，也有成绩顶好的，但最重要的该是在感情交流中，我们彼此都承接了对方的影响。

我跟学生的深切认识，并不如想象中那么顺利。有时，我们会闹意见，闹得有点大家都不大好过，但我们会尽力找出毛病来，在意见消融后，认识便自然深了一层。

记得初踏教坛那一年，大概有些心怯，对着高大个子的男学生，总板起铁青脸。学生果然怕得不哼一声，只是心里并不服气。终于，有人要说话了，他在周记里狠狠地提了意见，认为我不该吝啬笑容，要学生受苦。还清楚记得读着周记一刹那的愤怒，甚至责怪学生为什么只斤斤计较表面的笑容，而不欣赏我传授的知识。后来，想想自己的老师，也没谁会板起铁青脸，凭什么我会这样要学生无端受苦？就慢慢用力改过来。到如今，那个男学生已在远方结婚生子，相信他并不知道当年一篇周记，对我有这样巨大的影响。

师生间的沟通，许多时候，不会在课室里找到适当机缘。通过周记、课余闲聊，收效倒出奇的大。十年来，我读过无数坦率的周记，尝试了解、分担学生的苦和乐。到今天，当听到学生告诉我，他们的问题解决了；谁不再恨父亲了，谁跟闹别扭的妹妹和好了，谁想通了一些人生困惑难题，或者说："老师，我也要我的学生写周记呢！很爱读，也用心修改他们的文字。"我便泛起一种难以描述的愉悦心情。说到课外闲聊，理想的当是一盏清茶，在蓝天下草地上，师生对谈。忘不了自己对中国近代史的认识，有多少得自书房窗下、惠和园小径上、跟左舜生老师的闲聊中。也忘不了学懂多少唐诗宋词，是和莫可非老师在维园草地上的谈天中。如今，社会环境不容我带着学生到处跑，但相信，还有许多学生跟我一样，忘不了在教员休息室外边，那两张绿色藤椅上，我们谈到黄昏才散的情况。

学生离开学校以后，各忙各的，有些更到外国去了，见面时候不多，只是偶然街上巧遇、一个电话、一封短简，都充满了殷殷情意。

我看见老师坐在摇椅上，斜阳照着病弱身躯，晚风吹动了丝丝白发。我清楚知道：明天，要更用心讲授我的课、更关心我的学生，因为火正燃烧着我，这种使命，承担了，便义无反悔。

一九七七年九月

告吾师在天之灵

　　老师：当臂缠黑纱，站在灵堂之前的时候，并不是我最悲痛的时候。在往后的日子里，我是痛定思痛，悲定思悲。您当恕我，这种完全为自己的损失而悲的自私。

　　自从在《人生之体验》一书，认识了您以后，我逐渐清楚看到一条应走的大路。多少年来，坚守着其中一些原则，冲破了许多困难，也确定了基本的人生态度。这些话，我从没有向您提过，因为，我想，您早就知道了。但有一句话，近几年来，一直困在心里，不敢问您。

　　老师，从您身上，我学习了坚持原则，待人以爱以恕，热爱中国文化。但日渐成长，才知道，在香港这个特殊的社会气候中，要实践起来，原是万分艰辛，人家是是非不分，跟风顺势，您却坚持原则，在人眼中，便变成个不识时务的大傻瓜！人家只讲霸道只爱自己，您却谈仁道恕，便成了迂腐的儒生。爱中国文化？那也只是个遥远声音。面对逆流，那股力，有时会使人对自己正坚持的原则也怀疑起来。我软弱了，于是，多少次怀疑您是不是真的那么坚强，想问您："老师，您软弱过么？"

每次，我软弱的时候，就去看望您，想问您这句话，但，奇怪的却是：从您的谈话中，我会恢复信心，忘了要问的话。两三年来，一件件事实，更显示了您的坚强，人说您固执，固执没有什么不好，只要择善。人说您糊涂，糊涂的定义怎样下？在这人人自命理智的昏暗日子里。牟宗三老师说您心受伤而死！也许，受伤是事实，死也是事实，但这并不等于软弱！

您说过："亲爱的人死亡，是你永不能补偿的悲痛，这没有哲学能安慰你，也不必要哲学来安慰你，因为这是你应有的悲痛。……这时是你道德的自我开始真正呈露的时候。你将从此更对于尚生存的亲爱的人，表现你更深厚的爱，你将从此更认识你对于人生应尽之责任。"老师，请放心，您的学生愿永远承担这种悲痛！

一九七八年二月二十四日

附记：唐君毅老师于一九七八年二月二日逝世。

一块踏脚石

"……在宁静中，你的思想情绪，在它的自身安所。在宁静中，你的性灵生活，在默默的生息。在宁静中，你的精神，在潜移默运，继续的充实自己。……"一个学生站在偌大而宁静的礼堂里，慢慢朗读上面一段话，几百人也在默默地听。

那是个多风的早上，唐君毅老师去世后一个月。

礼堂里，相信只有我一个人情绪最波动，因为恐怕只有我知道那段话的真正来源———一块踏脚石！

我的学生，在三月初要负责主持早会，主题是"宁"。我由她们自己去筹备、组织。负责早会文字编写的同学，从一本青年修养小册子里，抄下许多段文字，作为串连整个节目的主干，拿来给我看，问我好不好。没说什么，我同意了。问她知道不知道作者是谁，她说不知道。

那是唐君毅老师《人生之体验》一书里的几段话。就让他学生的学生朗读出来吧！是最好的致敬。她们并不知道唐老师是我的老师，也不知道唐老师是谁，竟吸取了他的思想，玄虚一点说，那是一段师教因缘：落实一点说，却证明了老师那本书，对青年人的确具有吸引和影响力。

不再说自己当年怎样受这本书的影响了。当教师以后，面对许多对人生十分迷惘、愤怨的青年，常自苦无能为力，不禁想起这本书。可惜，有段时期断了版，曾对唐老师提议重印，可是，他却说："那是我年轻时，较浅的思想。"言下之意，是不想重印了。但，纵极高的山，也该有个接近平地的登山阶梯，能有多少中学生看懂《中国人文精神之发展》、《道德自我之建立》、《中国哲学原论》等巨著？看不懂，就是那么好的思想，对他们也生不了作用。幸而，在一九七七年，这书终于修订重版了，宛如吾师临别人间，为照拂年青人，在登山口重置一块平稳踏脚石，好使他们上道远眺。

《人生之体验》，是登山的第一块踏脚石！

一九七八年三月七日

46

承教小记

——谨以此段文字追念唐君毅老师

　　我，从没有在文字上，如此展示自己的过去，里面包含了许多缺点、软弱、无知。为了表示对吾师唐君毅先生的追念和敬意，为了让还不知道唐老师的同学，知道世上曾有这样的好老师，为了使自己对当下的缺点、软弱、无知，有不断的自省能力，我愿意叙述三段往事。

　　那年，我只是个初中一学生，一向在家里，是父母最宠爱的小女儿，但在两年间，却面临了母亲急病去世、年老父亲的续弦、年轻继母的敌视、父亲急病去世，还有各种大小不一的家庭变故。一下子，我觉得全世界的痛楚都集中到身上来。我怨恨上天亏待，分不出皂白的愤怒，使我仇视一切接触的人。就那样，独自躲在一间幽暗的中间房里，度过了四年。那屋，原是载满我童年欢乐的故居，为了恋恋于旧时记忆，忍受分租房客的欺压，不懂照顾饮食惹来的一身疾病，我似乎愈来愈沉迷那种一半出于自作的悲痛中。

初中三，是多么危险的一年！如同许多年轻人一般，我带着自以为是、闭塞、愤怒踏入心理变化最大的青年时期。尚幸的是母亲为我培养的读书兴趣，一直没有减退，功课做好后，不是到街上乱逛，就是躲起来看书。那年夏天，是个重要的转折点。在偶然机会中，认识了正在新亚书院兼课的莫可非老师（他是影响我最大的几位老师之一，可惜，也去世了）。在他指导下，有系统地读了一些中国文学作品。也是他，送给我一本唐君毅先生的《人生之体验》——对我来说，一本绝对重要的书。

于是，在灯下，我展读一段段异于寻常文学作品的文字，同时，也转入人生道上的另一里程。

我悲哀，他说："真实的悲哀吗？他来了，你当放开胸怀迎接他。真实悲哀，洗去你其他的紊思，净化了你的心灵。雨后的湖山，格外的新妍，你的视线，从真实的悲哀所流的泪珠，看出的世界，也格外的晶莹。"

我不信任人，他说："当你同人接近时，莫有十分确切的证据，你不要想他也许有不好的动机，这不仅因为你误会而诬枉人，你将犯莫大的罪过；你必是常常希望看见他人之善，你将先从好的角度去看人。"

我怠慢，他说："你必须为实践你的信仰而工作。你不息的工作，为的开辟你唯一之自己，所以工作之意义，不在其所有之结果，而在工作本身。"他更教导我的生活兴趣要多方面化："你的心感着多方面之兴趣，如明月之留影在千万江湖。这并不会扰乱你的心内之统一。在真正严肃的生活态度里，各种形式之生活内容，是互相渗透，而加其深度的。"

我开始平静下来，思索和尝试实践，盼望雨后的新世界。由于热爱唐先生的理论，我决定去当他的学生。于是，"升学新亚"，成为努力向往的目标。经济问题必须解决，为了取得奖学金，我开始集中精神读书，闯过会考和入学试两关。

现在回顾，真觉那时的愤怒，差点使我山穷水尽，是唐先生的《人生之体验》，为我拨开云雾，得睹天清地宁。

新亚入学口试的那天，主考人正是唐先生。他问了些很普通的问题，我怎样应付过去，现在也记不起来了，但最后一个问题，却仍清楚记得。大概唐先生看见表格上，志愿项中，六个空格，我全填了"新亚"，便问道："你爱中国文化吗？认为在香港，中国文化能散播吗？"一问，我自以为爱中国文化，第一点答案该是肯定的。但第二点，由于生于斯长于斯，又受了许多年官校教育，我竟不加细想便回说：“恐怕没有什么希望！”唐先生听后，抬起头来看我的眼神，到今天，仍清晰印在脑海里，似乎有点惋惜我的无知，却有更多的疑问。往后，他再没说什么，便打发我出去。回来后，跟同学谈起，他们都吓唬我，会因那个不得体的答案，进不了新亚。幸而，不久，我便注册正式成为新亚学生了。

站在高大，蓝色玻璃窗的新亚图书馆内，夏日早晨的阳光，十分耀眼。我首次讶于学问的博大。蓦然，由中学毕业带来一腔“舍我其谁”的傲慢，完全散碎了。跟中学课程完全不同的科目、上课方式，使我心里充满亢奋，也带点手忙脚乱，尤其第一个月上唐老师的“哲学概论”课，我尽最大努力把听到的记录下来。这对于新生，实在十分吃力。

就在那年十月，新亚发生一宗悬旗事件。据说每年十月，新亚宿生都会悬挂国旗，但自那一年开始，由于接受了政府津贴，便不能再在校舍内挂旗了。作为新生的我们，并不太清楚是什么一回事，只知道旧同学都十分激动。在一个晚会上，我第一次看见许多人为了“国家”痛哭的场面，也第一次听到唐老师说民族、文化、原则等等触动的问题。天地忽然扩大起来，虽然顿感渺茫，但当下便从自我跑出来，以后，关怀的再不只是自己了。

新亚四年，不断选修唐老师的课，很难捡拾具体例子来证明他怎样影响我。一阵春风吹过，万物便逢生机，又有谁能捉住一丝春风给人看，说："这就是带来生意的春风。"我从不到办公室去看望他，所以肯定一切影响是来自授课和著作上。上过唐老师课的人，都必然难忘他授课时"忘我"和"投入"的情况，这该是他说的："你当自教育中，看出人类最高之责任感，最卓越之牺牲精神"了。正因如此，他的授课，包含了两重意义：一是用语言文字表达的知识学问，一是用精神行为暗示的道理。对于我，后者的启导力最大。

　　四年来，我学得绝不够多，但却获得："世界无穷愿无尽，海天寥阔立多时。"的好境界。

　　从新亚、师范毕业出来，我抱着无比的信念和爱心，走上教育工作的漫漫长路。我尝试实践唐老师说的："在儿童的人格中，看出每一儿童，都可完成其最高人格之发展，都可成为圣哲"这信念。可能太年轻，意气太飘举，竟忘了这段话下面另一段："这一切向好之可能性，可能永不实现，另外有无尽向坏之可能性。携着儿童在崖边行走，永怀着栗栗之危惧，不能有一息之懈弛。"也忽略了社会急剧变化带来的种种迫力。遇上阻力一天比一天多，我的信心开始动摇，悲哀又再临近。

当了教师的第七年，两个女学生陷于社会不良风气里，使我的信心完全垮了。对于她们，我用过不少力，她们也信赖我，可是，依旧没法抗拒一些更巨大的诱惑，终于出错了。当她们向我说着悔恨的话时，我顿然心头一空，就像在崖上救人，明明已紧握住他的手，但终也一滑，他便溜出掌中，往深渊飞坠。软弱、哀伤，使我很震惊，只得向唐老师"求救"。每次去探望他，坐定下来，听他正讲着哲理，我就忘记"求救"这回事，而最奇怪的是：他每次讲的道理，都好像分明解答我带去的问题似的。

有一回，他对我说："你身体太弱，最好停一停，在闲中反照自身，看看执著的是不是一些虚象。"就这样，他介绍我到日本京都大学去当研究员。

告别了教学生涯，我到了诗化的京都，很平静地读一年书。由于离开香港，才发现自己和它原来已订下一种无可摆脱的关系。由于离开学生和学校，才察觉自己原来对他们有无限的思念。事情渐渐明朗，忐忑的心情没有了。我又找到安心之所！

夏天，唐老师路过京都，他带我到南禅寺去。坐在红毡上，眼看满庭幽草，我啖着无味的汤豆腐，他严肃地说："淡中有喜，浓出悲外。"于是我一心如洗，明白超拔的道理，决定一条应走的路向。

推崇唐老师的人，都会用"大儒"、"哲者"、"博厚"这些字眼来称颂他。污贬他的人，又会用"糊涂"、"固执"、"不识时务"这些句语描述他。我应该怎样向下一辈描绘他呢？也许，我实在没办法说，因为知道他的事情并不多。能够说的，只是他身体力行，坚持原则的精神，怎样挽救我于水火之中。

烟波万顷，把天边朗月散化成闪闪银辉，瞎者无缘可见，而站得愈高的看得愈多！对唐先生，也作如是观。

一九七八年三月十五日

师徒关系

说我保守也好，执迷不悟也好，多年来我一直向往几种师生关系——严格说应是师徒关系。说起来却可笑，有一种思想不来自教育学派理论，也不来自实际的教学经验，而是来自武侠小说和武打电影。

从小时候听的广播小说：方世玉、胡惠乾进少林寺拜师学艺，到看张彻、刘家良、成龙、洪金宝所拍的许多武打电影，都有我醉心的师徒关系。

首先说师。为师的自然武艺高强，可是多不露相，不是一面严霜，就是疯疯癫癫。对待学生的态度，也不见得温柔敦厚，从开始，就有点不问情由，既不讲道理，也没有规定课程，只见他，不断地用种种办法折磨徒弟：上山斩柴、下厨烧火，已经等闲，更甚的顶缸扎马、倒吊日晒，完全跟要学的武艺拉不上关系。有时更用莫名其妙的方法，把徒弟折腾得死去活来。听众观众很为徒弟不值，但不必着急，因为流水落花，一晃几年过去，为师的忽然一日，就把毕生绝技，在指点之间，毫无保留授予门徒。而过去的所谓折腾，原来是基本训练，顺便测试徒弟人品与耐力。

再说徒弟。最初可能傲气不群，或者不分好歹，但后来看到老师真功夫，佩服得五体投地，便苦苦求入师门，可是师傅拒人千里。徒弟倒忠诚一片，赶也不肯走开，终于感动了老人家。当徒儿的，什么苦差都得拼命去干，老师忽冷忽热，骂的时候多，怪脾气难于应付。但为了学艺，咬紧牙不出一句怨言。如此这般，竟然就尽得真传了。

从此，师徒心艺相通，江湖行走，再不相忘。

另一种思想则来自《论语》与《圣经》，也就是孔子、耶稣与他们弟子的关系。

两位圣者有许多相似的地方，他们都没有固定的课室，都没有固定教学法，课程可以说有，又可以说没有——孔门四科四教、耶稣对人生的终极关怀，为求永生等等，好像是课程，但都从人生目的作考虑，很难当成什么课程。他们一般受教者众多，可是得其精髓的却不多，孔子七十二门人，耶稣也不过门徒十二。孔子有心爱学生颜回不幸短命死矣，耶稣有个近身而出卖自己的犹大，都是为师者的憾事。他们坐而论道，起而身体力行，最后各自成就大事业——不朽。

我向往的却是他们的师徒关系。

为师的带着愿意随行的弟子，走遍天涯，一饮一食、苦难危厄与共。共同生活，最骗不了人，如何完美的人，起居小节，最易显出瑕疵，但也最能显出个性。英雄圣者惯见了，追随者仍觉得不寻常，在理解其瑕疵后，仍能从其一言一行中，学到大道理大学问，这就是人生教学。为师的也明白弟子优劣，随时随地，因材施教。孔子对弟子，有"吾与点也"的认同，也有"朽木不可雕"的责备，耶稣坦率说出"你要三次不认我"的警告，也毫不保留地称赞"是点着的明灯"。这种种授受关系，包含了个性的认识、感情的交融、谅解与忍让、学问思想的传递……都不是一本书可以记载。

川上山上，老师都有过寂寞无奈的试探。门徒从师学艺，从无到有，过程中也得付出很多，不是平白呆坐，等待饲养。师徒在生活中，完全授受的伟大历程，真是何等美妙！

一九九一年六月

严师

遇上严师，是我之幸。

记忆中第一位严师是敦梅学校的莫敦梅老校长。他没有直接在课室里授课，可是天天巡查，管教学生的一言一行。我小学一年级，就给他骂了两次，直到现在，我还铭记于心，不敢犯错。

由于战争关系，和平后才念书的人，多没有念幼稚园，我也不例外，一进学校就念一年级。糊里糊涂，不懂什么学校生活，只随着大队上课下课。那时候，每天上早会，学生立正唱国歌、校歌，行升旗礼。我个子矮小，排队总得站在第一排。有一天，会后给校长截留下来，骂了一顿，说我立正姿势不正确。一年级初入学小孩子，不知道"立正"，老校长骂了一顿后，就教我怎样才是"立正"，还说唱国歌校歌升旗，都是很重要的——后来升上高年级，我才明白这是尊重国、校的礼仪，也是自尊的表现。自此一骂，直到今天，我每遇这些场面，一定双手垂下立正，看见别人双手放在背后，或站立姿势不好，就很不舒服。留心一下，文明礼仪，也很讲究升旗、唱国、校、社歌时立正姿势，好像只有香港学校没有注意教这一套。

另一次受责，是小息时间，在走廊中与校长擦身而过，没有站好鞠躬——是鞠躬，不是点头，没有尊师的应有礼貌。自此，我对师长，总是站定行礼，自然敬意也自心底出来。以上所述，现在人们看来，可能觉得我迂腐可笑，什么立正鞠躬，简直封建烘冬，但我却觉得在这行动中，自有端正心思的作用。庄重，由里到外，对人对己，都有好处。如果不是具备诚敬，很难处事待人。许多文明国家，推行自由民主，还是十分重视礼仪，并不会视守礼为老套。小时候，严师没对我讲大道理，可是一骂之后，终身谨记，日后自明白行为背后的精神，也就受用无穷了。

一九九一年八月九日

珍重珍重

这几天，常常想起新亚校歌。

不必细数有多少日子没听没唱这首歌了。反正，自己以为早把歌词忘得有一句没一句。

"你们应该知道，学识是一回事，但人最重要的是有情感。……"就在那天晚上，老老少少同学聚在云起轩，宾四师这样对我们说话的时候，忽然，整首校歌清晰地自我心底泛起来。

当年，站在农圃道新亚书院那个小礼堂里，唱着"手空空，无一物，路遥遥，无止境"，心里的确十分感动，满以为自己很了解开创者历尽的艰苦；也轻率地暗自许诺：他日定当秉承"千斤担子两肩挑"的精神。

其实，那时候，真是不晓艰难。

渐渐，在成长过程中，在无数的软弱里，才深切体味

59

这些词句背后，原来有一套大学问，而这套学问，说来容易，做起来倒不简单。

怎能挑得动千斤担？怎能走得完遥遥路？这里，单靠理智恐怕不成，还得有些什么支撑力，才可以一肩担尽古今愁，抹干泪和汗，继续上路。

"艰险我奋进，困乏我多情。"

"人最重要有情感。"恍然，我明白了，支撑力就在"有情"。理智，很冷静，叫人把利害看得透彻，你我分得太清。单凭了它，有时多想想个人利益，就什么都干不成。情感，很热切，像团火，控制得好，是燃烧自己，照亮别人；方向不对，就毁物害人。

在艰险、困乏中，能奋进能不倦，这股热，总不能缺少。"多情"，恐怕在许多人眼里，已是个古旧名词，甚至只不过是"傻瓜"的代名词罢了。

在十分理智的冷眼注视下，毅然不脱当傻瓜的情怀，那就更见"有情"！

"珍重！珍重！"

一九七八年十月三十一日

《红胡子》精神

　　杜杜说起三船敏郎来，自然也提起黑泽明，惹起了我一连串回忆。

　　我不会忘记他们二人合作的《红胡子》，对我的教育工作态度有多大影响。

　　这套电影拍成于一九六五年，大概要到六六、六七年以后，才在香港放映，那正是我投身教育工作的始点。当时的学生当然没有现在的那么复杂、那么多问题，但一代有一代的困难，对初入行的年轻教师来说，总会面对一些难以应付的问题学生。愈是热诚，就愈容易遭意想不到的冷水泼得身心俱冷，满以为自己付出足分，到头来学生却全不接纳，甚至曲解好意，这样情况遭到无数次，就难免泄气。我就是在这种情况下，泄了气。

　　刚入行就泄气，这危机令我很恐惧，后头的日子正长，除非我改行，或像一些看化了的同行，成了老油条度日，否则，我必须自救。教育学院课程没有教我怎样应付这种心理危机，那时候还年轻的我，真是求救无门。自问又真的热爱教学，给少数甩开喂药的手的学生弄得我放弃，未免心有不甘，怎样办？这几乎是我天天抚心自问的问题。

就在这时候，黑泽明导演、三船敏郎演的《红胡子》在香港上映，其中一个情节给了我极大启示，有如救生圈，借了力，我总算"得救"。到今天，在教学途上，每遇反抗地甩开我的手的人，我总会想起电影里三船敏郎扮演的"先生"。靠一套电影来作救生圈，看来有点幼稚可笑，但对我来说，这是事实。这电影重映的机会不多，于是我买了一套录影带放在家里，作为心理疗剂。

《红胡子》里，三船敏郎饰演的医生，是个没有笑容、凶得像个江洋大盗的老师——既是医生，又是医学教师，他收了许多徒弟，边行医边授徒。有一天，他从妓院里救出了一个病重的雏妓，命令年轻医学生负责看顾喂药。年轻医生满怀爱心不眠不休地照顾着小女孩，可是对人类失去信心的孩子，每一次都带着仇视痛恨的目光，用力把送药的手甩开，打翻了盛药的调羹，无数次的恶意拒绝，令年轻医生伤心颓丧，老师在旁看得清楚，一言不发接过了调羹，蹲下来、带着微笑面对小女孩，这是他的学生和观众第一次看见他的笑容——一个江洋大盗的脸上，有如春阳和煦的笑容，太矛盾了，很容易给人奸的印象，但三船敏郎演技在这刻发挥得十分出色，观众完全忘记他先前的黑口黑面、凶神恶煞的样子。可是，女孩子并没有领情，一次又一次用力推开老医生的手，老医生侧着头、笑容更和煦，一再送上药匙，惶恐的孩子脸上仇恨颜色逐渐褪去，也侧着头看着老医生，再试探性地推开调羹。这回用的力不那么大，老医生再送上药的时候，终于她张开了口，吃了医她身体疾病的第一口药，同时也接纳了治她心灵创伤的首服灵方。

那么详细叙述了上述片段，只因每一次想起连串镜头，小女孩推开药匙的抗拒力度，和老医生再送上一口药的决心和艰难，那种感觉，三十年来，仍然没有退减。红胡子精神，就是指这组镜头。

一九九八年四月一日

文理之间

　　读陈载澧《岳飞箭速与融会贯通》一文，说与学生谈论《岳飞之少年时代》中，岳飞的箭速应为多少的问题，引申了许多物理力学的讨论，陈兄由此说到"学科之间原没有不可穿透的屏障"，使我想起十多年前，一堂散文欣赏分析课，得到的启发。

　　学生正探讨许地山那篇百字散文《蝉》，说一只给雨水湿透的蝉从松树上掉下来的小片段，中文系学生分析什么层次、远近景，哲学系学生说什么宿命论，大家正争得面红耳赤的当儿，座中一个物理系学生忽然问我："老师，松树有多高？蝉和雨水有多重？跌下来的速度如何？我才能计算那只蝉死不死。"这一问，令全场呆了一呆。他态度认真，绝非有意闹事。当然要他解释何故有此一问。他就说了一大堆什么980达因、加速、距离、质量等于什么。我在中学时读过物理，大概还明白他尚言之成理，但文科生就听完只有起哄。经此一役，我深切明白，各专业的思维方式，令结论截然不同，没有对错的问题。

当然，《蝉》可以这样读，但怎样才能穿透文理之间的屏障，怎样沟通抽象的文思与实质的道理，而不失文的美感，才算真的融会贯通。优良的文学作品，有许多想象空间，过于实在，就失却转回余地，分寸的拿捏准确与否，决定了得失成败，值得深思。

二〇〇五年十一月四日

通识不是一科

　　推动"通识"，实在十分重要，但"通识"也不算是新兴事物。"礼乐射御书数"是通识，可是孔子仍说自己"无知也"、"空空如也"。学生问耕种，孔子说："吾不如老农"、"吾不如老圃"。因此，老人家要"每事问"。跨通科际，就是通识。建基于某一专科上，再采集与某些点有关的他科知识，连通起来，使该科的点更清晰、更深化，就是通识。

　　我跟学生讲张爱玲《倾城之恋》。胡琴，是故事首尾都显现一种声音，极有象征效果，帮助整个作品格调呈现。可是，座中读者竟无一人听过胡琴，即对中国乐器没有通识，这一隔，就削弱了对情调的感受。同一小说，白流苏在镜里端详自己，张爱玲写下："她的脸，从前是白得像瓷，现在由瓷变为玉——半透明的轻青的玉。"我要等到看过德化白瓷，才知道"乳白如凝脂"是何等的美，至于轻青的玉，更要把玩过上好青玉，方有感觉。虽说这样读法，有点细眉细眼，但这段描写对白流苏的理解很重要，除了让读者细致近镜接近这女子外，此刻自我凝视，令白流苏对"离家"本钱有了重新估算，成为整个故事的重要转折。

遇上智多识广而又认真处理文字、讲究精确度效应的作家，读者必须随其用笔去发展通识，认知才可挖深，方不负作家一番苦心。

通识变成一科，尽管设计者如何心思细密，恐怕也难周全。

二〇〇六年六月一日

跨科的意义

"通识"精神重点在知识跨科，因此，必须先建立稳固的"科"作基地，才足以"跨"，否则凌空蹦跳，下无实际立足点，必然跌伤跌死。

我辈读中学时，学校没设什么通识科，却在老师指引下，自然走向通识——长年累月的走，走足一生。不妨举一实例说明。

记得初中一年级，中文科要读《西游记》节录选段，老师说唐僧真有其人，除了讲唐太宗立宪禁国人出关的历史外，还要我们读三藏法师上太宗的表章，到今天，我还记得"贞观三年四月冒越宪章，私往天竺，践流沙之漫漫，陟雪岭之巍巍。铁门嵘嶮之途，热海波涛之路。始自长安神邑，终于王舍新城"。同时在中国地理科，就读好西北地理。这些跨科知识，往后使我去西安及出关旅行，沿途体验《西浒记》及《上太宗表》的描述，来得十分真切，那距我读中学一年级，已经四十多年了。再后来，在博物馆看到《玄奘取经图》，见他背负有盖竹书筐，印象甚深。张国荣在《倩女幽魂》中也负了一个形近的书筐，我问奚仲文那设计是否本于该图，果然是。

读好《西游记》后，跨科令我懂得历史地理，让我懂得意马心猿的含意外，最重要的是，玄奘法师不畏巉嵁，孤身上路取经的决志精神，使我铭记终身。这一点，老师在课堂上没有向我们硬销，却悄悄地在读通文学作品过程中，沉潜入骨了。

跨科通识，必须有根基，不能浮泛言之。

二〇〇六年六月二日

新思想老教育家

香港教育政策，自开埠以来，一向无长远视野，究其因由，除殖民政府向以政务官员主理教育事宜外，更悲未见深思的教育家，作前瞻的全盘设计。

近读老教育家《陈子褒先生教育遗议》，深感远在一百年前，已有这样新思想的老教育家，实在可贵，也真令人尊敬。

这位先后在澳门香港设学校、出版教科书及《妇孺报》的教育家，在思想保守的年代，竟具开创的教育识见。

早在一九〇三年，他就提倡女性应有受教育权利，在私塾实行男女同校，可是面临反对声音甚多，他只好规定课堂内男女生分占一边，男女不能交谈等他本不愿设立的规则，以安家长之心。他亲自编写适合妇孺的教科书，深入浅出，以推新知。谈《家庭与学校之关系》时，注意饮食营养、家长自身品德问题，结语有"改良学校，犹易言也，改良家庭，不易言也"之叹。在《论学童为师之师》一文中，他主张教师"舍威用爱"，让学生畅言，让"小学塾之中开一小小下议院"，这些理论，在今天看来，仍称得上前卫。

他对教师要求极严，特别是负责基础教育的老师，认为"初等小学教员，惟保母而具大学之本领，乃可当之"。保母能知孩子生理心理，大学本领则要"通说文、通博物学、通史学"，以便指点实事实物，有趣而谈，这才算好教员。忽视幼童的师资，会令根基不固，他日纠正艰难了。

陈子褒先生一九二二年病逝，香港人知道他的恐怕不多。

二〇〇六年八月十七日

三

蝉白

过去的一年，是些不必数的日子。放下原来工作，离开熟悉环境，去休息一年，我常如此对人说。于是有人说唉你真奢侈，有人说啊你好快乐。没一句反驳，因为从某个角度看，都有道理。

在香港，往往有一股力量，不知不觉中很易使人安顿下来，然后令人长满锈，或者磨损得厉害。也许，有些人站得很稳，没有锈，不磨损，但肯定的，我不是那种人！能够停一停，检查一下，加点油，相信总会有些补救希望。于是，我决定停一停，出去了。

选择的地点是日本京都。第一个理由是当年答应了左舜生老师，会找机会去了解一下日本，而三年前的《日影行》又竟如此的匆匆浮浅，就想清楚多看些。第二个理由是自己的英文差劲，自然不好去美加英法，日本毕竟还用上些汉字，勉强总可应付得来。第三个理由当年到过京都，只觉一山一水，花柳楼台，也带唐风，不必拉上什么中日文化，就是那股古意，就足够吸力叫我去住一年。加上，京都大学中文图书丰富，定个题目，看一年书，虽然看不了多少，但总算了却一桩心事。

人说道"梦中无岁月"。一年过去，不是梦中，可是它的陌生、奇异、丰富，使我来不及细细去数那些日子，就像孩子初睹多彩烟花的喷发，目眩心动之外，刹那间捕捉不到一点儿什么。回来了，定定神，不算检讨，也着实该把一年所得的经验整理收拾，作为"休息一年"的交代。

整理之后，首先，发现选择日本京都的第一个理由是多么荒谬！困处在一个城市、一个小圈子里，生活一年，竟想清楚多看些一个民族的面貌，如果不是无知就是唱高调。于是，剩下两个理由——也许不够宏大，但我得承认。以后在这儿，我愿意叙述一年来所遇到的事情，所见到的人物，所看过的书本，所兴发的感触，当一面镜子，或一段纪录片，再看看过去一年的自己。

没有收入，用着仅有的积蓄，居然辞掉工作，嚷着休息，的确奢侈。在新的环境下，尽做自己爱做的事，不必担上任何责任，的确快乐。但这样的停一停，是不是真的找到了些补救长锈磨损的办法？我可没法子下一个结论。不过，一定有了改变，这是我可以十分肯定的！

一九七四年四月十二日

南禅听泉

小暑酷热，热得心烦。我去买绢豆腐一大块，本欲以冰镇之，撒白芝麻嫩葱碎在上，吃下求平内热。

正把细滑豆腐擎在掌中切成片状，凝神看着那柔软如丝却稍有重量的白块，脑海竟闪现三十七年前八月三十日的那些南禅寺汤豆腐。

京都十方丛林代表的南禅寺，既有"无山见山，无水见水"的禅修庭园，也有曹泉池的水，更有水路阁通往哲学之道的疏水。唐君毅老师每到京都，必到南禅寺听松院吃汤豆腐。京都水好，大豆质优，工匠以古老手法精制成豆腐，是佳品。唐老师喜者想不单吃那纯与滑，而是坐在幽雅庭园中、树荫下，吃那"淡中有喜"的禅意。

老师师母到了京都，就安排带我们去南禅寺。我坐在矮案前，看悠悠然的炉火煮陶锅中清水。水中豆腐静静躺着——汤豆腐不能猛火令之翻腾，是静静的躺着才对。以勺子舀一块豆腐，放在小瓷碗中。淡淡酱汁与纯白豆腐，互不夺色。吃一口，豆香以外，没有余味，我纳闷这有什么特色，值得那么贵。

京都盛夏，夜间蛙鸣，日中蝉噪，都令人难受。听着枝头蝉噪，聒耳得很，令我有点不耐烦。老师很静默，盘膝而坐。忽然，他问听见泉水声吗？我这刻一留神，才听到蝉噪以外，果然隐隐有流水声响。

老师讲起大堂梁上悬了"泉声说法"四字的匾额，我进来的时候完全没察觉。他说泉声是自然之声，本无含意，说什么法？一切法，皆自心生。这样他才再给我说了"淡中有喜，浓出悲外"八个字。这八个字，老师在《人生之体验》中提过，他引用了史震林这些话后，如此写道："我之写此书，便可谓常是在此种有所感慨的心境情调之下写的。即在此心境情调下，我便自然超拔于一切烦恼过失之外，而感到一种精神的上升。"

汤豆腐是淡，只因我惯了酸甜苦辣浓烈之味，早已失去对淡的联想，预设的认知遮盖了对淡的想象能力。泉声幽幽，只因我耳听已为噪聒之声所蔽，深受烦扰，集中聚神于噪音，忽略了幽声。原来，一切烦恼皆由自我设限。

自我设限，便蒙蔽了眼耳口鼻，难以声入心通，眼见则明，味触即觉。一切受了缚束，心难与其他生命相通，自我生命就窄了。老师叫我去看更广大的世界，我果然听到泉声了。

我切好一片片豆腐，连淡淡的酱油也不用，一口一口慢慢品尝，那若隐若现的豆香，通了舌触，如一疋丝绢，柔移于食道，进到胃里。与当年我在蝉噪外，突然听到泉声一样，那就是法。

今世噪音扰人，最宜"淡中有喜，浓出悲外"。听泉音洗耳。

二〇一〇年八月

日近长安远

　　细雨迷濛里，我们踩着会嗦嗦作响的石子路，看过了植有十三万棵不同名字树木的明治神宫，学会了在明信片上常见像个"井"字形状、人家多用来代表日本风光的那类建筑物的名字："大鸟居"——神圣的标志，也跑过日本人会带着一面敬慕而又十分严肃地站在门前拍照留念、我们却摇摇头说："怎可以比得上咱们北京故宫的皇居。"旅日的行脚，就这样展开了。

　　突然，我看见一条静静的河，河畔有青青的草，有绿得叫人发狂的垂柳，有轻盈的双燕裁柳剪风的飞去……果真是诗中草木、梦里江南？我去轻攀拂首的柳条，捏得满掌冷冷的雨水，定一定神，只见身旁有一堆正肃然谛听导游人员讲解的日本人，我不禁凄然。谁会知道，这儿有个傻瓜，竟站在异国的泥土上，去追寻从未见过的乡土面容。

咬一咬唇，我提醒自己：这是可怜又十分可耻的联想。

但，在日本，要自我提醒的机会实在太多了，因为它有数不尽的东西，会惹起人的联想。日光的"东照宫"、京都的"二条城"、大阪府的"大阪城"，明明白白就是依据唐朝建筑做样本的。金碧辉煌、雕刻精细的长廊和殿门，就直截叫做"唐门"。宫里屏风上的画，跟在"故宫博物馆"看到的唐人画，没有多大分别。古木参天的幽林，传来阵阵古琴，沿声细觅，拐了几个弯，只见又另有树林，琴音还是来自无觅之处，这般况味，分明又是古意盎然。踏进在古代本来为帝皇贵族织锦织绢的"西阵织物馆"，能不想起跟曹雪芹有关的"江宁织造厂"么？看了德川时代三大名桥之一的岩国锦带桥，还会怀疑"清明上河图"里那道桥太弯，怕站不稳脚吗？

尽管不断地提醒自己，但这种联想竟是挥之不去，而且愈来愈强烈，往往一闪的就占住了脑海，我完全失去控制它的能力。试看看吧：踏上绝不用上一口钉，只靠木榫嵌成的清水寺眺望台，我便想起宏伟无比的天坛。看见摆在寺门的一双铁屐，和两把许多人使劲也提不动的铁禅杖，我又仿佛看见鲁智深的影子。在绿油油一片的"后乐园"里，我会诵着范仲淹的"先天下之忧而忧、后天下之乐而乐"。进入阴森肃穆的"三十三间堂"，面对一千尊观音和面目狰狞的十八位罗汉，我问"云冈石窟"是不是一个模样？跨进满是奇怪形状钟乳石、丰富地下水，冷得我发抖的"秋芳洞"，在赞叹之声不绝中，有人告诉我桂林"七星岩"比它好看百倍。

也许，真有点自讨苦吃。我不能责怪日本保留了太多中国的味道。"日近长安远"，谁叫我只站在落马洲山冈上临风惘然，却从没跨过那河，如今，反飞到千里外来呢？

一九七一年九月十七日

不追记那早晨，推窗初见雪……

香港真是一个好地方！因为人活着活着，很可以不知老之将至。也许，善感的人，还会在岁暮时叹声一年又去；在发现丝丝白发时会怦然心动；看见儿女成长会忧伤不再年轻，但忙碌的生活，也不易让人有善感的闲情。于是，年年月月，像在一个密闭房间里，没日没夜，倒不易察觉物换星移。

土生土长的我，悔不该一离开它，便来到这四季那么显明的地方。天地间就明明白白有一股生命之流在涌着，在一草一木间，阵风片雨之际，场景的迅速变换，足使对季节惯于无知无觉的人，又兴奋又凄然。

不追记那早晨，被窗外白光惊醒，推窗初见雪的心情了，就自春分之日说起吧！经过两天的微雨，酿出了一点儿暖意，等再放晴时，满街的杨柳竟然已经带了嫩得宛如轻轻一弹便碎的绿，而人们也在紧张地预测花开的日子了。只算认真地暖过一天，樱花在一夜之间，便开了七八分。她开得如此突然，使人没法子不想到她会凋落得快，我这外地人估计是两个星期。在上学途中的街头，那一片繁花景象，已经够我目眩，但老京都说你必须去平安神宫、圆山公园、清水寺、植物园……而且必须赶快去。樱花绝不可以逐朵细看，该是一大片一大片的朦胧，远望似一层微红的轻雾，罩在山间人丛。当我在垂柳垂樱间分花拂柳而行时，只惊讶日本人的狂歌大醉，和由朝至暮，甚至挑灯去赏樱的行径，竟忽略了看樱的艳。在花开的第四天晚上，一阵不大经意的夜来风雨，到早上出门，地上满是未残的落花，而风一来，更飘得人肩襟都是，这时刻才悚然察觉樱的凄艳。我绕道而走，只为真的不忍踏住落花。装束古朴的大原女①用竹帚慢慢收拾残局，京都人又去赏满城皆绿的新绿时期了。果然，好像也只不过一夜之间，所有树叶都冒了出来，定一定神看，杨柳已经变成放荡的冶绿。有点情绪追不及景色的变换那么快，但必须赶，因为还要看杜鹃花，紫藤花，郁金香的开谢。现在人们又备好雨具，等梅雨天，去西芳寺看苔。

面对着这些场面，仿佛参透天地的机微，就是不屈指来算日子，也体会整个宇宙的飞快推移。从前读诗读词，曾怀疑古人哪里来许多惜春伤春之意，到如今，才了悟他们并非兴感无端。恐怕不是善感，离开香港，令我觉得老得真快！

一九七三年七月于京都

———————————

① 大原女：在京都左京区，有大原，此地妇女穿蓝白古服，多到市区执粗作如清道剪草为活，称大原女。

京都杂想

曾暗自许诺：今秋不想京都。……

雨中岚山？就很好奇，几十年前的那个游子，当深深拥住一襟山岚后，有没有沿着叠叠残破石阶，一面探看桂川源头，一面不觉进入山中，到了大悲阁。

大悲，在深山藏起哀伤，鸟居倒塌，钟楼残损，只住一个曾到中国的老僧。他说："哦！中国！我去过。"然后一笑，破了古刹的凄凉。和尚、寺院，虽然不在奈良，也兀自叫人想起鉴真大师。

那鉴真，当安禄山还做着河东节度使、平卢节度使的时候，已经在巨浪滔天中，带了弟子，六次出国。苦得快要盲了，执住大弟子普照的手，哭着说："为传戒律，发愿过海，遂不至日本国，本愿不遂。"……唉！我只是个普通人，没法了解"传戒律"，有多大重要，会令他不辞艰苦，也要

86

到这个小国来。大师，您教晓了他们些什么？……

回到水之湄，自然该想到渡月桥。月初升的晚上，自对岚坊向着桥头走去，迎面是棵千年老松照水迎客，就当下明白，沿着桥，不是到达彼岸，而是直抵月殿。那个筑桥人，要在桂川住了多少时候？才发现桥必须由对岚坊畔筑起，如此便可直指新升的月，使桥不枉负渡月之名。这种诗的才华，是古备真备由唐带回去的么？……

别忙着过桥，沿水边走吧！树下，不妨稍歇一下。抬头看，一块冷冷石碑临川立着。"日中不再战"、不必追问，碑上五个字在什么时候刻成；应该问：五个字，要用几许史册才载得住？要几许血才写得完？唉！我只是普通人，怎懂得那些遥远、深奥的故事。也千万不要对我说，我怕听了要流泪，怕听了要记恨。谁要战争？我们从来没想过要战争的。但多少人在战争里死去？问我？不知道。去问石碑吧！

石碑竖在川畔，冷冷的不说一句话。……

今秋，我又想起京都。

一九七八年十一月十一日

樱与剑

樱

四月，一阵微雨，又一阵异常耀目的阳光，我忽然，想起樱落。

那年，我推开书，埋没在微红樱海中——樱，不是成林，是成海的；枝桠柔柔自顶垂下，带了粉红得几乎白色的重瓣花朵，比柳条更娇怯，差点儿要触到草地上，摇曳摇曳。

正看人间的欢乐，一片、两片、片片，飘落在肩上襟上。惊讶这一阵风，如此匆匆。

纷纷自落，没有别的花落得如樱。她美，却又如斯短暂，无声飘落得有点冷不提防。花开花落，本属寻常，但把樱当作友谊象征，那毕竟叫人难息牵挂。

剑

那年,坐在京都大堰川旁的石上,我听到一个"斩切感"的故事。

正宗是镰仓时代最著名的制剑匠,可是,他制出来的剑,却好像总比不上徒弟村正的锋利。

有一天,人们要试试师徒两人的高下——制成剑器的"斩切感",便把两把剑横放在河中,刀刃朝着上流,迎住随水而来的落叶。

结果怎样呢?人们都说徒弟修养还不够火候。原来,碰到村正剑的落叶,都给斩断了,但正宗的剑却使落叶避开,继续向下流漂去,剑到最锋利的层次,已该超越斩切的范围。剑可杀生,而不妄杀无辜。师傅早已练就这种富有人情味的利器,徒弟倒还摆脱不了"只不过是把很锋利、可以逢物必断的剑"的层次。

剑,必须锋利,但要修炼得让落叶避开,那比不常出鞘更厉害,恐怕也真要等到炉火纯青的日子。

临流小坐,仿佛就看见水里躺着正宗剑,没有一丝光芒,静静,有落叶自身旁漂过。

我崇敬,正宗的剑。

一九七九年四月三十日

京都短歌

您用刚学会的日语，柔和地说："请您和我一起到京都去，好吗？"

……

且为您，写下短歌八阕，从此我不再提起京都。

天满宫梅开

不必卜问花期，据说年年总在二月廿五日。

没有雪，我乘一辆公车，问了两个路人，惊讶的是天满宫如斯荒凉。几树寒梅，一带憔悴颜色。没有流水，就只怕，那几株梅花，有梦也难到天涯。

清水寺樱放

且上高台，不饮三线清泉，过客不求福不求禄不求寿。人说道：青山不老，每到春来，必泛起阵阵醉后微红。

我在寺中，寺在山中，山在樱雾中。但不觉暗香浮动，不沾一瓣落樱，只因——遥远。

平安神宫薪能

日落，于飞檐之下，窃去初夏黄昏应有的余温。殿角渗出微凉，高架铁盆里的薪火显得嚣张。

没有帐幕，遂无剧始剧终。只有：呜咽不成音调的歌声散落，宽袍长袂凝重游移。面具后面该是一张怎样的脸？兰陵王当不在东洋史里。

祇园囃子

坊众的团扇摇曳出盛夏的姿态，男女的木屐敲响祇园祭的序曲。笛子、云锣、小钹奏成单调的主题——祇园囃子。乐工坐在巨大的长刀铧、山铧上，单调的节拍却含许多感恩典故。

花街尽处，有两个老者，坐一张板凳，静看通衢灯火。色冷，守口如瓶。

满街之银杏

天地忘情！忽然，满街失恋神色。叶叶萎黄，如秋扇。一叶一声，总关美丽的爱情故事。

那儿，有人焚叶，烟似惆怅的魂袅袅，到死也不离不弃。明年西风一起，又见伤情消息。

高山寺之枫

美酒倾樽，一山的枫都醉去。客来，站在崖上，各执一块白瓦，掷向山下，然后许个再来的愿，我拾几片红叶，藏在袖里，也不题诗。

无愿无诺，我即归去。

鞍马寺火祭

我翻起衣领，寒风中，不上九十九级青石台阶。

今夜，人们不参拜洛北的守护神，只擎着如柱的火炬，疯狂的吆喝奔跑。熊熊火光，闪着原始而蛊惑颜色。

我站在人群之外，看住几点火星，自火炬甩出，溅在如墨的夜空中。

比睿山初雪

人们都说：赶快去看，比睿虽然孤高，但也相思，一夜里，竟想白了头。我且去，访一访这独耸的山灵。

原来天地之间，就有一种易逝的东西叫做"雪"，比睿于是迷糊了，也使我这朝山者失路。

山中，有座法然堂，我寻到了，不上一炷香，携本心经归去，试悟色即是空。

一九八一年岁暮

那一夜

炎夏，京都之夜，竟泛凉意，感觉很陌生了。

夜色中，二条城在泛光灯照耀下，如历史幽灵矗立，没想到借宿一宵的旅客就在二条城对面。

深夜，街头是一般应有的寂静，最后一班公车还未经过。站旁木凳坐着摇扇纳凉的老妇，连一眼也没望我。闲，就是这个样子。这儿不是旅游名所，普普通通一条街，店门都关上了，只剩二十四小时服务的超级市场开着。进去看看，没准备买什么，这类店从前没有，好奇，看看而已。一股不属于超级市场应有而又十分熟悉的气味，朝面冲来，喔！田舍煮！萝卜、鱼蛋……煮成一锅的好东西，原本只在寒冬才供应的小吃，怎会在超市冷气中出现？忘记刚吃过饭的饱滞，立刻指指点点买了一盒，店员十分周到，筷子、芥辣齐备。我拈住这袋零食，继续散步！

沿街一列低矮木构建筑，是些小商店，都灭了灯火。只剩一家，关上门，却亮着淡黄的灯。哗！橱窗全放着日本土纸艺制作大睡猫。晚上十点多钟，当然不做生意，死啦！怎办？过不了非占有不可的欲念关。我徘徊良久，深信店主必是前铺后居（京都旧店多如此），也深信京都店主仍满人情味，且店外有小牌写着，可按铃叫人。阿慧知道，不试试按铃，我心不死！她就按铃了！

果然，屏风后人影掩映一阵，有个中年男人出来，我们隔着玻璃指着睡猫。这是最决定性一刻，他的面容叫我放了心。点点头，带着极礼貌的笑，一边把上衣钮扣好，一边走出来开店门。

三只京纸工艺大睡猫，就如此属我！

如果，那不是京都，如果我不深信京都人会开门，如果阿慧不按铃……呵！呵！

一九九七年九月九日

秋之小令

病

秋，是个容易叫人懒散的季节！

尽管春的氤氲如个沉郁的呢喃者，夏的亢热如顶铁伞压人，冬的寒气像千万银针渗入骨肉，都不易叫我有放下工作、懒散去也的冲动。只有——只有早上出门，干干而爽然的秋风一吹，抬头看天空一片蜡着的蓝，秋意就早蹑足偷进心里，像着了魔，人便止不住要患懒散病了。

一个曾和我懒散地过了一季秋的朋友，分手后总各忙各的，很久不通半纸讯息，但秋意一浓，她便会自忙中醒来，如践约般来一封信，几句荒唐言之外，全是怀念那秋的痴语。我没有回信，说什么好呢？同一宗病！

秋思，是一种奢侈的病，有工作的人负担不起，多少年来,已经学懂怎样抗拒?在这懒散的季节里,就像诗人说,让"丹枫自醉,雏菊自睡"吧!

树

当然,忘不了那段遍植银杏大路。桂花香气还绕着衣袂的日子,如蝶如心的银杏叶已开始展露淡黄颜色。那种黄,是剔透的,阳光照射着,抬头看就会被那娇黄慑住。秋,在这路上,并不憔悴。但总得赶快看,不到两三天,人们还来不及惋惜,银杏叶早已像浪子,纷纷随风离枝去了。尽管,这边扫叶人沙沙有声扫着落叶,那里有浓浊焚叶烟升起——诗人说:"焚叶如焚梦",路上还藏有一股感人生机。焚叶的烟袅袅上升,像缕魂回归树干。明春,保证你能在每一梢头,看到银杏的新生。

生于自然,死于自然,生命将成无限。

今秋,在漫长路上,我也见到了树,枯黄跟病绿的叶凄苦的挂在树梢。假如说老,那绝对不然,只是株株年轻的树啊!自然的能力,不会叫树如此不生不死。

一九七六年十月十七日

秋之补笔

朋友自远方，用航空邮寄来一束白芦荻。冷不提防会收到这样的礼物，开启盒子后，瞪着柔柔的白絮，有些已因旅途颠簸摇落了。尽管说着："真傻！真傻！怎么会寄一束芦荻来？"心早飘向那年的秋……。

一个晴朗的秋日，看罢满山枫叶，我们还没归意，说"难得那么好天闲情，放浪一下又何妨？"便连地图也不看，在山间田野乱转。忽然——这个"忽然"啊！也忘了从哪座山峡一转个弯，就看见一大片白芦花，迎着风在摇摆。从没见过这样多、这样白、这样高的芦荻，像在天地间设了一幢柔丝白纱帐，我们呆了，比看枫叶的狂醉，竟又另一番境界。

这一片天地，飘着淡淡草香，我跑近芦荻丛，就可以藏起来。捉迷藏该多好玩，但我们都没有意思玩这"粗重"

玩意，只静静坐下来，让芦花洒得满头满襟。"你知道么？陆蠡是这样写秋的：'是西风错漏出半声轻叹，秋葭一夜就愁白了头。'友人送给他一枝芦花，插在花瓶里，说'送你一个秋。'于是他便把秋藏在书房里，藏在梦里。"渐渐，我们全说着有关芦荻的故事。朋友试折一管芦作笛，吹不响，依然坚持要带回去。我嘲笑他欠缺神仙的精灵，芦笛哑了；他责怪我的迂腐古老芦花故事，吓走了美丽声音。……

我们没有再到那地方，想念是十分想念，只是那个秋还有银杏、有红枫、有黄菊，在取舍之间，"遥远"成了不去的关键。遥远……望着手中一束白芦，似乎比那年看见的还柔弱。在一个阴暗清寒的冬日里，朋友果要送来如此迟的秋！

秋，也是在自然天地中好，困在瓶里梦中，会变得闲情的忧伤。不懂得怎样处理这不长在原野的生命，只好，依旧放回盒子里。

如果我还欠一首秋之小令，就让这儿作个补笔吧！

一九七七年一月十七日

冬之小令

慢调子

好慢调子的冬季。天空，有时真像堵失修脱漆的灰墙。只有重见阳光的时候，才知道，灰色会叫人那么不开心。

有阳光的下午，码头前，七张绿色长木椅子上，显得特别热闹——那是一种特别的热闹，不是尖沙咀码头前、几枝旗杆下的那一种。不眩目，不喧腾，如果要打譬喻，该说是一组生命的慢镜头。当然了，老人头上纵有丝丝白发，也不会眩目；纵有许多往事，也不再喧腾。除了两个在打盹的老人家，有些缓慢而具节奏摇动外，其他都坐得那么定，那么挺直。他们在谈话，听的很留心，讲的很认真，但从他们多皱的面上，看不出话题是悲是喜，大概岁月会叫人的感情失去光泽。又或许，他们谈的正是非悲非喜，也无风雨也无晴。由绚烂归于平淡，历程中，一定得忍受"脱漆"的不惯。

他们仍坐在那儿谈着。阳光渐渐褪去，一个慢调子的冬季黄昏，已经来临。

北斗星

这是一个很遥远很遥远的星座，它有个很古老的名字——古代阿拉伯人说斗柄四星是棺材，斗柄三星是送葬的三个哀悼者。荒凉沙漠上，闪闪寒光，逼着他们意念里尽是悲哀。古老中国人并没有这种苍凉，于是说北斗星啊是天罡，各有人间职责；"运转天中，严制四方，以建四则，而均五行。"掌管了阴阳灾害天理中央五谷兵事。这该是天真的想法，自己身边的事管不了，却盼望远距一百光年外的星宿来帮助。也许，夜航、迷途的人，可以依靠它找到北极星，寻着方向。但，有风有雨的晚上，云层厚重的黑夜，便连天罡也迷糊起来，人就迷失了。

仰首长空，毕竟，北斗星，不属于冬夜的星空，任凭中宵苦立，寻不到便是寻不到，奈何！

一九七七年二月十四日

春之小令

黄尘

报上说：中国的黄尘吹到日本去了。

黄尘！如电光一闪，触动了一宗几乎遗忘的"事件"。

那年，在京都，春日的早晨，循老习惯，出门前总抬头看看比睿山，云很低咧！雾很浓咧！便携把黑老破伞上学校去了。路上，天空不是没太阳，但阳光像患感冒。身前身后，阵阵淡黄的非雾似雾，非尘似尘的烟罩住，透过这重浓浊，竟可以直视似月亮般的太阳。从没见过这样子的天气，比落雹前一刹那的黑暗还要可怕。几次，我得脱下眼镜，抹去那困眼的尘。那天，心里一直不舒服，异乡人以为要天变了。

回到宿舍，没有一个人像我般发愁，忍不住就嚷："今天的天气，在日本，又有什么名堂？""黄尘万丈天啰！"
寮母样知道我不懂她说的话，边说边在纸上写下四个汉字。
黄尘万丈，四个字还历历在目，原来已经是四年前的事了。

叶子

爱看叶、草、苔的兴致总比看花浓得多。

春天，看秃树梢上，嫩芽、稚叶，一串快镜头般转变，简直爽快利落交代了"春来"的意念。常埋怨自己为什么总是那样匆忙，每早出门抬头看树，就想：生命原是没有奥秘，只是时光流驶得太快，我们粗心，捕捉不住，就让一组快镜头溜过去了，眼前便无所见，也顿成蹉跎。

看叶子、小草的成长，会看见生命的活跃，这叫人兴起一股振奋，但也令人惊觉：生命原没有奥秘，只是来得急，急得一天给你换一个场景。这样想，没有悲哀的成分，我们不必计较去的也急，必须做到好好握住这场景，不要错过它。

今天，能看见一块叶子长大了，只为昨天它活得很认真。

一九七七年四月四日

仲夏小令

一

我常常渴念，那些晴朗的日子。

了无一事，阳光肆意洒落在年轻的草树身上。

一双初遇的小蝶偶然停翅于小篱笆，它们一定不知道世间有过"梁祝"的故事。

蓝天挥一挥长袂，使燠热下午变得温柔。

我偃卧在长廊下，让慵恹自指尖流出，造个小小无端的梦。

但，不知道什么时候，什么缘由，我遗失了那些日子。

二

诗人赶一百里路，去看想看的向晚天空。

他想找寻如散落桃花的晚云，他想展开一卷彤云笺，读西风写下的名句，他想饮一杓夕照细酿的流水，他想目送金色鸽子回到天边，他想聆听黄鹂说一个遥远的爱情故事。

可是，他看见——晚云如山，渐渐暮色沉落，天地宛似自梦魇中醒来，怔忡而迷蒙。

他慌张得不能自持，忽然想起宋词半阕：

"断送一生憔悴，只消几个黄昏。"

三

每逢想起纤夫，我就总不免忧伤。

船不是注定由桨由帆来主宰的么？为什么岸上的人会跟船结下这段缘？

两岸的石子给纤夫的脚磨得圆了，两岸的草给纤夫的汗浸枯了。

纤夫的岁月在咿嗬咿嗬声中流去了。

两岸的路是一生走过的路，一船重担是一生的功业，可是，谁会记得起纤夫的面貌？

一九八二年八月三十一日

短调两章

北天

夜已深，台阶石块透着阵阵冰凉。满天空是寒闪闪的星辰，你抬头细认，想寻索一两个熟悉星座，但，竟然寻不着。

是的，纵然你万分熟悉南方有颗北落师门，纵然今夜天朗如洗，依旧无法找到它，因为这是奇怪而陌生的北天。

星垂得很低，深切知道它们该很有序地组成星座。只是天深沉沉，反显得零零落落，像些失神的眼，也像凝在眼睫的冷泪。人自地下仰望，就觉得天是奇怪而高。

我明白你难过什么。历来，你以为自己早已诵读了星图，以为默记了天空的每一颗星，如同你默记每一页历史。但今夜，蓦然，迷失在这似曾相识的夜空里，还有什么能比这种迷失更苦涩？我无言，看住一个星的失恋者。顶上，仍是那奇怪而高的北天。

朝山

"我原是个惯看山的人。"有人曾如此自许，当读到诗人说："终日行行于此山的襟前，森林偶把天色漏给旅人的目，而终日行行，蓦抬头，啊！那压额的檐仍是此山冷然的坐姿"时，就禁不住怀疑了；难道自己见山不是山？

终有这么一天，负起行囊，朝谒山去。

啊！山！那怎可只用如此单调的声音去呼唤你？如一条龙，首沉落在极目的遥远，尾盘曲于天涯。巍峨、蜿蜒全是可笑的形容字眼，谁可以落实地向人描绘山？

最初，满以为当朝山归来，总能对自己、对爱山又不曾见山的人说：山是这样这样的。但，现在必须沉默。宏雄，使爱山者悚惧了，跪下来，撮一把泥土，想藏在怀里，带回来证明此行不是梦幻。

可是，还得撒回，只为一撮土不足说明山。

何况，就让它归于山吧！

爱山的人从此沉默。

一九七七年九月十二日

山景

黄昏，六点钟，竟还那么亮，西天有陌生的晚霞——很陌生，也忘了有多少日子，没见过阳光了。湿漉漉的，拖泥带水总不好过。忽然，一个爽朗傍晚，又卸下重衣，肩上感到莫名轻快，我推开如山的学生习作，站在走廊上看山。

这山，早晨时分，最好看。树多草盛，带水气的山岚一阵又一阵。

冬天，它不憔悴，野芦苇夹在绿草丛中，很显眼地摇。两棵大树，秃秃的枝桠，使山景有点版画味道。

树下堆了些白木箱，一两只懒狗，坐在那儿发呆，偶尔，也会抬头看看十分忙碌、喧闹的鸟群。这时候，我总想起吴晟的诗句："鸟仔无关快乐不快乐的歌声"、"无关辉煌不辉煌的老太阳"。早上八点二十五分左右，就会有一对年老男女，吃力地推着满载东西的木头车，向山径前进。他们弯着腰，双手使劲，双腿提得极慢极慢，像推着一车岁月、一车记忆，向我不知道的山径尽头没去。

大概是山窝关系吧，湿季里，烟雾如沉默的赶集者，聚在草木之间，有时使山形显得诡谲，居然有大山气派。据说山径是个好去处，如果在天晴傍晚走一遭，会有"始得西山"的兴奋。

忙碌使人荒疏许多事情，蓦然，发现山上一棵大树已经全布新叶，另一棵却垂着许多枯荚。原来自己很久没看山了。夕阳使山的阴影加深，没有归鸟的山，只好沉静等待明天。说起大树满是新叶，今年，我又错过了撑伞看新芽的机会。一个下雨的清晨，看见树枝上隐隐微露生机，自己就许诺今年一定不错过看新叶成长。谁料工作一忙，什么都忘记了，等到一旦记起，大树已经绿叶成荫。

山景，在眼前渐渐深沉。

一个看山景的黄昏，又逝去了！

一九七八年四月五日

苔

明日苔痕欲上襟！

我栽了六盆苔。

小小、有方有圆的盆子。白磁、红坭、釉下雨滴陶等等质地都有。先用化学肥泥作底，在上面盖了从不同地方采回来的苔。

今年，春季湿润和暖得有点特别。转眼间，路旁山壁上竟满眼苔痕了。好几个春夏，我都说要把苔色带入室中，但总是说说又过一年。下决心，真的栽起来，只为今年工作忙！

一边嚷着工作忙，一边居然玩起盆栽，简直不合常理。唉！这倒要慢慢道来。

忙碌，有时真像团火，泼辣的烧得人打从心底焦起来。

实在明白，烦躁，对人对己都最不健康，但有什么办法？

好几次，事后才惊讶自己的忍耐能力，是那么单薄。

那天，春雨迷蒙里，蓦然看见树下一层浓得凝住的绿，就撑着伞，站在那儿仔细看了好一阵子。之后，竟然轻轻的，一心如洗，平静地归去。

苔的特点是幽！一位前辈曾说："坐对一大片绿苔，绿得幽静，纵观片刻或凝眸半天，会感到自有一种意境，会把人的思绪带到一个遥远的地方，悠悠意远。至少她能使人享受到一种静趣。一个人如果注意看苔色，就总不会刺刺不休地和人大声说话，一定要安静的坐着或倚栏而立，安静得一言不发，简直忘了要说什么话。"我自然相信，只为京都苔寺幽径上的心境，至今仍新！

没有庭园可以让我去看一大片苔，就把她缩小到盆上，便可带进屋里。

反正，苔有个优点，满园皆是的时候，人们自可把她当成深思哲者；在小得不满两吋的小盆上，她仍不失那股幽深。

每天下课回来，静静看住几盆苔，宛似精神沐浴，悠然清新。然后，平心静气开始在灯下改卷子。

一九七八年四月十九日

若到江南赶上春

朋友赴江南。问我:"此去,该看些什么?"

要说,我总可以说上一大堆。

说西湖:南屏晚钟、柳浪闻莺,还是西泠桥、飞来峰?还是去访一访,当年我路过门外,问路人何处是岳坟,那老人家满面惊惶,连遥指一下都不敢的岳王庙?——回来自可告诉我:岳武穆像已重雕,奸臣秦桧像也再铸了,像翻一页新的历史。

说苏州:庭苑深深,想象红楼宝黛的伤情故事?还是寒山寺外,呆等夜半钟声?

说南京:石头城?也许,如今已无石。秦淮河?也许,如今已无水。大概可买一掬雨花台石,它们受过风风雨雨,最懂兴亡事迹。

说太湖,说莫愁?……都不说了。

不如这样吧！晨露未干，您就出去，去看嫩柳鲜翠得令人迷惑，去看覆了青苔的屋瓦上几株新草迎风。看湖上小舟无人自横，看树丛间雏鸟学飞。

然后，您在青石的小巷口，等早起上班的人，嘎的一声打开木门，提着些什么，推着脚踏车出来，打从您身边走过。一些完完全全平凡的中国人，也许，您记不住他们的样貌，也不知道他们的姓名，但他们开始一天实实在在的生活去了，如果您愿意，跟他们道一声早安，交换和煦如春的笑容。

您在渡口，会遇上几个浣衣人，通常女的较多。她们卷起裤管，蹲在临河的青石阶上，拍打浣洗着衣服，偶尔，还会跟身旁友伴说些家常话。

历史，虽然明明白白都印在书里，但有时也无可奈何翻了一个样貌。您不如去看年年岁岁践约而来的春，去看今天实实在在生活的普通人。

"若到江南赶上春，千万和春住。"

以此句送您赴江南！

一九八〇年三月二十八日

红豆

今天是春分。窗外，遥望海雾与对岸缠绵难分。

捧一盏茶，只想起红豆的故事。

这个南国人，从没见过红豆树，读过的是王维诗，也记得一个这样的故事：红豆之乡，山前山后栽满红豆树，但见春衫薄的日子，有情男女就会坐在树下，等待机缘。微风一过，巧遇红豆成熟，荚子就随风爆开，半空便洒下阵阵红豆雨，一颗颗嫩红心形的红豆，落在肩上头上。这时候，谁捡拾了红豆，送给对方，不必多一句话，缘就注定了。究竟，红豆是怎样子的？嫩红心形小豆，实在太惹人思念了。我决定去找一颗红豆。

那一年春天，还是天地不宁的时代，我到桂林去。在街头在野外，逢人便问：什么地方可以找到红豆？年轻人总带奇异眼光瞪着这个异乡人，没有答案。年老的惊怯地摇头，也没有答案。在一所屋檐低矮幽暗小店里，须发皆白的老人家抬起头来，又低下头，用最微弱的声音，近乎独语地说："都砍了，这年头，还有什么相思？"

哦！这是个没有相思的年头。回来后，寻觅红豆的心思就渐渐淡忘了。

许多年过去，竟然，在不再寻觅的时候，我拥有一颗。那颗小豆，不完全像个心，但果然像画出来的心形，嫩红红闪着光泽，放在掌中，真是娇俏玲珑。有人劝我把它镶成指环或别针，好天天伴在身边。我没有这样做，它不是一件饰物。豆荚乍开，洒落一阵红雨，乃是天地赐给人间柔情的印记，属于您，就注定属于您。

我把红豆紧紧收拢在掌心里，再放开，嫩红在我斑驳掌纹上显得更玲珑。

春来发几枝？我拥有一颗，就够了。

一九八四年三月二十六日

意笔写江南

四月，我打江南走过，看，春色如许。白玉兰开了，梅开了，樱开了，柳仍娇慵，桃花也迟延步履，西湖畔春痕尚浅。如果这回只为寻色相而来，未免失望，但西湖之外，尚有人间风貌，山水多情。

春风十里扬州路，这里总没辜负远道而来的访客。那天，瘦西湖云淡风轻，可是我却裹着重衣厚袂，走在丝丝柳线的堤岸上，却有暂闲的轻快。小舟泛过，我没追问二十四桥还在否，莲花桥影已深深浅浅印在游人的笑脸上，印在心间。至于各式楼台，早给年轻的朗朗笑声掩盖，因为那一天，正是学生春游的假期，孩子们穿着红色运动服，脸上绽出欢乐笑容，不畏生地向陌生人招呼，成了一幅流动青春图画，这是古代诗人没写过的。扬州早应向"青楼薄幸"的名声作别，在这里理该立此存照。

不写苏州，却牵念着城外东南二十五公里的水乡甪直。"人家尽枕河，水巷小桥多"，清晨时分，温煦阳光正照在正阳桥下，我才真正体会什么叫做"波光粼粼"。妇人蹲在堤阶洗刷马桶——是，是马桶，家家户户都把洗得干净、雕花细致的木马桶放在门外晒，还伴着扎作也精巧的瘦长竹刷子。妇人蹲在堤阶上洗衣服。百年老店的小街，走着挽了竹菜篮，头碰在一起拉家常的女人，小吃店冒着炉火白烟，老师傅笑口盈盈地卖早点。我倚在和丰桥的玉白花岗岩桥栏边，抚摸已经模糊了的浮雕，生活呀！自宋初建成的桥，给日出日入的百姓作证，只有平淡而真实的生活，才能把历史好好传承下来。每当看到许多旅游名胜，竟盖起什么汉街宋城的伪装风景，就不禁想起：怎么没有人为这些真实的庶民生活做改善，然后连人带地保留下来？

庄重而悠闲，踏实而愉快，是甪直人给我的印象，走过卵石铺成的小街，我深深抱歉，这个外来人，打扰了，对不起。

说甪直，我是有备而来，但富阳县城南二十公里的龙门古镇，却是一次意外的邂逅。

本地导游说等一等，要等一个本镇长大的孙家大姐来带我们进去逛，千万别走散，我来了多次还是认不清路。

会那么"严重"吗？我的疑惑，自走进第一座厅屋后，就完全解开。我们不是走在街上的时间多，却竟穿堂入室，一屋过一屋地游走，一下子在人家的厅房，一下子又到了小石卵铺砌的狭巷小弄里，真是不辨东西。龙门人说："大雨天串门儿，跑遍全村不在露天走半步，回到家来不湿鞋。"这种人际的亲密，都市人如何明白？

在明清的木构建筑群里，处处见到庶民工匠的巧心妙手。大祠堂栋梁窗柱都是精致木雕，特别是"百狮厅"的梁柱上的百头姿态各异的狮子，更栩栩灵动。其余的戏文、花鸟，在"山乐堂"里就更丰富了。我们在匆匆中，仍忍不住放慢脚步，细细观赏，只见妇女们却低头工作——祠堂早已成了轻工业加工工场了，那就是生活。但不是说龙门镇已列入重点文物保护单位吗？嗒！另一座小祠堂刚在前几天烧了，一堆大大的焦木还在地上，我走近去，想象一条横梁曾刻过的花鸟虫鱼，在火中冉冉成烟飞升。一个乡民嘴角叼着一根香烟，在木构建筑群中走过，若无其事。

义门牌楼，标志着许多义勇故事，但如今它的破落荒凉，究竟有没有象征意义呢？走过一堵堵裂纹斑驳的墙，拍了一些照片，我害怕，有人嫌它们老，拆掉它，再建一座什么明清小镇，或者热心过了头，把它装红饰绿，一切庶民的智慧，就完了。

"此地山青水秀，胜似吕梁龙门"，别了，龙门古镇，从此我又多了一重牵挂。

此行不止为寻春访翠，重点还在为了看昆剧。

我不懂昆剧，却爱看。只有江南山水，才能育成这样子精微神妙的戏剧。我喜欢精微，我深爱细腻严谨，那一回眸，那一掠眉整鬓，就已经一生一世。

好几个折子戏，由江苏省昆剧院、浙江京昆艺术剧院的主要演员为我们演出。"姹紫嫣红开遍"，一切尽在写意摹描中。

那夜，看姚传芗老师执手教演的《牡丹亭》，王奉梅是杜丽娘，还是杜丽娘是王奉梅，我已分不清了。手、眼、身、步，妙曼含情，"游园"、"惊梦"、"寻梦"、"写真"、"离魂"，层次浓淡，都在她细致变化中，微微演就。不能多一分，不能少一分，优美身段，哀乐眼神，匆忙大意的现代人，怎能承接得到？我们乘高速的飞机，到了江南，把外边一切忘却，来看这伤春女子，刹那间，时空错置，也算一场惊梦。怕只怕，所谓时代节拍的喧哗，使这优美高雅的艺术，回生无证，只有善忘的民族，才会找出种种借口，去遗忘美好传统。舞台上，舞台下，都是愁肠百结。

江南春景，给历代文人写了千年，还是写不尽。梦入江南烟水路，执笔之际，才觉梦也无凭。毕竟，城市人能记取的春色，就是这点滴了。

一九九六年四月

四

香港家书

杰哥、三嫂：

　　一九九七年七月初，我私心许下诺言，要写一封长信给你们，大概有点总结报告的意思——向两个离开了香港仍然关怀香港的老香港人，做一次香港身世大变化的撮述。怎料，一场临门大雨，冲得我心情历乱。日子一天天过，混沌、喧嚣、纷扰，对像我一般需要十分理性、资料充足、甚具条理才执笔的老顽固，实在为难。要写报告，自然写不成了。

　　一九九七年六月三十号，我做了一件极笨的事，搭巴士由中环去坚尼地城，由坚尼地城去中环转车去跑马地，再由跑马地转车去筲箕湾，也就是说香港北岸主要干道上，由西到东游了一次车河。说笨就真是笨，李碧华聪明、敏感，她坐电车——你们当记得少年时代，游电车河成为香港人主要消遣娱乐节目。我又极爱电车和那叮叮的声音。但那天重要关头，我却竟弃而不坐，转转折折坐了巴士，真是阴差阳错。看了李碧华《六三〇电车之旅》，我痛切反省，当日何故不坐电车？结论只能归咎潜意识里，我反抗大部分电车不再用"叮叮"，用上汽车"砵砵"响号，"叮叮"是老香港的"讯号"——是许多香港人记忆中的市声，清脆铃声，缓慢、稳重，午夜进厂前又带了点凄凉。改用"砵砵"响声，就与身世不符。

一九九七年七月二十五号，我到中环海傍政府大楼去拿"中华人民共和国香港特别行政区"护照，在那小公务员面前，流着泪，感动而兴奋，然后一边走一边流泪。回到家，拿着深蓝色封面熨金字的小册子，傻里傻气笑着拍了一张照片："立此存照。"一个从没拿过 BNO，每次出外旅游，在外国海关入境纸条上十分委屈填上"British Subject by Birth"〔英籍（香港）〕几个字的香港人，这几滴泪，一个笑容，尽在不言中了。

二〇〇二年七月一号晚上，朋友安排下，我会在湾仔会展中心看烟花。自那年烟花特别多之后，对海上发放的璀璨，又一下子复归沉寂的场景，我已经感到腻了。从前一年一度放烟花，只因怕人多，不肯挤在人群中看热闹。偶然一次路过半山，适逢燃放，半天通红，轰轰回响声，把我扯回童年大炸湾仔的记忆里，那一夜，我就做了个梦：

海上逃难，在船上回头看见湾仔在滚滚火光之中。好几年，我都回避不去看烟花。可是一九九七年后，一连五年，我都在最"前线"看烟花。扑面而来，罩头而下的花火，震动心房。我每一次都往后退，抚着急跳的心，脑袋却空空如也。

每一次我们通长途电话，你们总会问："点呀，香港？"在多伦多，电视上天天都可看到香港新闻，香港怎样？你们问的是我的感觉多于实情现况。我的答案往往是："好热啰"、"好湿呀"、"系铜锣湾过马路要揞住个鼻"……长途电话费便宜得叫人愈来愈不写信，再没纸短情长这回事，无聊话讲多了不心痛。

今年我退休了，适逢香港教育大改革。心情好奇怪。多少年来，人人都说香港教育制度有问题，为以后长远计，为下一代计，改是应该改的，但该怎样改，没有人——特别是有些教育"专家"，可以把话说到点子上，花腔人人会表演，悦耳而不踏实，只落得个眼花缭乱。没有周详计划，为应付"求变"而推出改革大计，上上下下都心中无数。不知谁虚晃几招，结果弄得人心惶惶——教育官员、教师、家长、学生都在惶恐中"互动"。每当我看见疲倦不堪、身不由己的尽责教师，赶路去参加教改会议、教改培训班的时候，我就心痛。他们都是新政变法中的卒子，被逼过河，只好向前。我说心情奇怪，就是既关心它如何变，怕它变得不伦不类，有时又顿觉自己只是个局外人，理也理不来，大可两耳不闻教育事，吃喝玩乐去也。可是，一念到"以身许教"几十年，缘分缔订了，无由摆脱，也只好干急中继续关心下去。

这封家书，尽说些不相干的事，却不是凭空制造出来的，虽没有总结报告的重量，但算并不多掺水分。

二〇〇二年六月二十九日

香港故事

香港，一个身世十分朦胧的城市！

身世朦胧，大概来自一股历史悲情。回避，是忘记悲情的良方。如果我们说香港人没有历史感，这句话不一定包含贬斥的意思。路过宋皇台公园，看见那块有点呆头呆脑的方块石，很难想象七百多年前，那大得可以站上几个人的巨石样子，自然更无法联想宋朝末代小皇帝，站在那儿临海饮泣的故事了。

香港，没有时间回头关注过去的身世，她只有努力朝向前方，紧紧追随着世界大流适应急剧的新陈代谢，这是她的生命节奏。好些老香港，离开这都市一段短时期，再回来，往往会站在原来熟悉的街头无所适从，有时还得像个异乡人一般向人问路，因为还算不上旧的楼房已被拆掉，什么后现代主义的建筑及高架天桥全现在眼前，一切景物变得如此陌生新鲜。

身为土生土长的香港人，我常常想总结一下香港人的个性和特色，以便向远方友人介绍，可是，做起来原本并不容易，也许是她的多变，也许是每当仔细想起她，我就会陷入浓烈的感情魔网中……爱恨很不分明。只要提起我童年生命背景的湾仔，就可说明这种爱恨交缠的境况。

说湾仔是一个与海争地的旧区，并不过分，因她大部分土地都是从海夺过来的，老街坊站在轩尼诗道上，就会咀嚼着沧海桑田的滋味。当初在填海土地上建成的房子已经残旧，给人一幢一幢拆掉，代替的是更高更遮天的大厦。偶然一座不知何故可以苟延残喘夹在新大厦中间的旧楼，寒伧得叫人凄酸。有时，我宁愿它也赶快被拆掉，可是，又会庆幸它的存在，正好牵系着我的童年回忆。洛克道、谢菲道，曾经是有名的烟花之地，自从那苏丝黄故事出现之后，湾仔这个名字，在许多外国浪子心中，引起无数蛊惑联想。每逢维多利亚港口停泊着外国舰只时，我就很怕人家提起湾仔。我曾经厌恶自己生长在这个老区，但别人说她的不是，我又会非常生气，甚至不顾一切为她辩护。在回忆里，尽管是寻常街巷，都带温馨。现在，湾仔已经面目全新了，新型的酒店商厦，给予她另一种华丽生命。我本该为她高兴才对，但随着她容貌个性的变易，仿佛连我的童年记忆也逐渐褪色，湾仔已经变得一切与我无干了。

文化，是一座城市的个性所在。香港的个性呢？有人说她中西交汇，有人说她是个沙漠。是丰腴多彩？还是干枯苦涩？应该如何描绘她？可惜，从来没有一个心思细密的丹青妙手，为她逼真造像。文化沙漠，倒是人人叫得响亮，一叫几十年，好像理所当然似的，也没有人认真地查根究柢。难道几百万人就活在一片荒漠上么？多少年来，南来北往的过客，虽然未尝以此为家，毕竟留下许多开垦的痕迹，假如她到如今还是荒芜，那又该由谁来负责呢？这样说罢，香港的文化个性也很朦胧，不同文化背景的人为她添上一草一木，结果形成奇异园地。西方人来，想从她身上找寻东方特质，中国人来，又稍嫌她洋化，我们自己呢？一时说不清，只好顺水推舟，昂起头来接受了"中西文化交流中心"的称誉，又逆来顺受人云亦云的承认了"文化沙漠"的恶名。只求生存，一切不在乎，香港就这样成为许多人瞩目的城市了。

不知不觉，无声岁月流逝。蓦然，我们这一代人发现，自己的生命与香港的生命，变得难解难分。离她而去的，在异地风霜里，就不禁惦念着这地方曾有的护荫。而留下来的，也不得不从头细看这抚我育我的土地；于是，一切都变得很在乎。但，没有时间回头关注过去的身世了，前面还有漫漫长路要走。

远方朋友到香港来，我总喜欢带他们到太平山顶看香港夜景。不是为了旅游广告的宣传："亿万金元巨制的堂堂灯火"，而是——乘缆车上山，我们不能不注意那种特殊感觉。车子自山下启程，人坐在车厢里，背靠着椅子，必须回过头来看山下的景物。在一种要把人往下吸拉的力度中，就看见沿途的建筑物都倾斜了，尽管我们不自觉地调校了坐姿，把视线与建筑物平行起来，但其实我们是用倾斜角度看山下一切。到了终站，当满城灯火在我们脚下时，我往往保持沉默。可以用什么语言来描述香港呢？倒不如就让在黑夜中显得十分璀璨的人间灯火去说明好了。说实话，我也正沉醉在过客的啧啧称奇中。

香港的夜景风光，最为耐人寻味。层层叠叠深深浅浅的闪烁，演成无尽的层次感。我总爱半眯着眼睛看山上山下的灯光，就如一幅迷锦乱绣。正因看不真切，那才迷人。过客也不必深究，这场灯火景致，永留心中，那就足够记住香港了。

我常对朋友说，香港既是一个朦胧之城，生长其中的人，自当也具备这种朦胧个性。香港人不容易让人理解，因为我们自己也无法说得清楚。生于斯长于斯，血脉相连着，我们已经与香港订下一种爱恨交缠的关系。对于她，我们有时很骄傲，有时很自卑，这矛盾缠成不解之结，就是远远离她而去的人，还会时在心头。

倾城之恋，朦胧而缠绵，这是香港与香港人的故事。

一九九二年

湾仔（之一）

黄昏已过的时分，走经湾仔街头。

修顿球场人声起哄，一场小型球赛正斗得热烈。高架射灯使场边人的面貌一点也不朦胧，他们完全投入急剧流动的场景中。我站在人圈外边，忽然，这个地方，变得非常陌生。

那时候——该是很久很久以前了，修顿球场还没铺上水泥，四边还没围上栏栅，一切显得很没建设、没秩序，但，我可以清楚记得那个角落，摆的是什么摊子，大帐篷在东北角架起来的是夜市心脏节目："咚咚喳。"我不知道它的正式名堂，父亲总说："我们看咚咚喳去。"而大帐篷外边，总有人鼓着锣鼓，单调声响就是：咚咚喳。卖艺者响亮的呼叫，告诉人们帐内表演些什么。有时是深山大野人，有时是软骨美人，有时是吞火吐火，甚至有时只摆着一只两头鸡。给一角钱，就可以进帐里去看。通常，节目怎样叫人失望，看过的人走出篷帐时，总笑哈哈的，父亲说只是一角几分，不要太认真，反正，不好吓怕了站在外边等进场的下一班观众。中央地区多散摆着卖武、卖药、卖凉果的小档，彼此之间，没有划定界线，外边围着一圈人就是界线。每圈子里都有盏大光灯，其实也不算太光，暗黄的灯光刚好照亮了小档主人。卖武的总光着上身，腰间束条已经有点霉气的红带，或者只把黑色唐装裤的白裤头打成结实的方型结。他们总爱把胸膛拍响，说一套江湖老话，偶然舞动一下红樱枪、单刀之类，对于这，我没多大兴趣。虽然卖凉果的没大看头，但看完后父亲定会买一角钱有十二粒的话梅或甘草榄，就很够吸引力。看小摊，其实也不太舒服。父亲不许我蹲在人圈内围地上看，只让我骑在他肩上。七八岁也不太小了，看完一场杂耍，父女俩都会感到吃力。

但无论怎样，尽管家与修顿只是一街之隔，能去玩一个晚上，已是童年最兴奋的夜间节目之一了。

这个陌生的地方，原来曾承载过我童年的欢乐。

一九七七年七月五日

湾仔（之二）

沿着轩尼诗道走，这条曾经十分熟悉的大街，这条梦里屡屡出现的大街，如今，面貌都改变了。

抬起头，大厦窗子，一格一格，离得我好远。几幢还没拆掉的旧楼，夹在许多大厦中间虽然有点沧桑、坎坷，但只要细细看每层楼房的骑楼，那些窗子仍给人高大宽阔的印象。都市繁荣，有时必须牺牲许多旧有的东西——无论好的坏的。不知道什么原因，它们还没拆掉。

我走过两个街口——自从老屋拆掉后，已经很久没细看这街了，许多店铺中，我还认得几家？只有一家卖帆布床的，一家专门缝制工人服装的，一家卖火水汽油的，半家电器店。里面坐着的再不是从前会逗我说两句话的老板、老板娘。年轻、陌生的店员，闲闲坐着；偶尔，一两个诧异地投我一眼，为的是我站在外边看他们，又如此毫不相干。

转入洛克道、谢菲道，一撒溪钱从高厦飘飞下来。旧建筑拆掉又怎样？依然没拆掉那些古老、悲哀的行业。为了这行业，湾仔，这名字，在许多外国人心目中，会引起无数蛊惑联想；也曾使住在湾仔的良家人等生气。小时候，尽管常被醉得七颠八倒的外国水手吓个半死，一旦碰上有人说"湾仔很杂"，总忙不迭为它辩护。十多年后，才明白那种辩护是徒然的，但人总该有过如许天真感情。

一带霓虹灯比从前多彩，闪耀着的名堂也奇异，街上却显得冷落，除了某些店子门外，几个站站坐坐的"闲人"，路客多是匆匆。许是欢乐时光未到？还是这角落已渐趋凋零？

别疑惑，这已经是几乎完全陌生的湾仔了。

偶尔路过，大概那几幢旧楼的原因，挑起一个老街坊的丝丝忆念。

怀旧，恐怕不只是生活得过于平淡的人，讨点苦头来折磨一下自己的玩意；而该是一种追溯本源的沉厚感情的重现。假如，把怀旧当成潮流，未免太污蔑它了。

一九七七年七月十二日

话说湾仔

我搬离湾仔二十多年，可是，她仍令我牵肠挂肚，说起来话就多了。

"七千美国水兵涌港"！湾仔，这个弥漫着蛊惑、肉欲联想的名字，又涌现在七千个兵哥心头了。而我只能说，这就是命——湾仔的命中注定，带了桃花邪运。也许，那是一笔孽债，延绵一个世纪。

那是十九世纪中叶，站在船街朝北街头，就会面对维多利亚港的海傍。叫船街，就因为可以看见船。回过头向南山边望，洪圣庙里，渔民上岸供奉的香火鼎盛。应该还有一座大王庙，如果不是，怎会有大王东街大王西街？靠近海，来自四海的浪荡儿，就会上岸脚踏实地，除了酬神感恩的心灵慰藉之外，还得证明肉体的果然存在。船街、石水渠街一带，女人干着最古老的行业，跟西环石塘咀的阿姑不一样，他们享不了十二少的挥金与情义，贫穷的一宵交易，只有肮脏，没有记忆。

船街在海傍的光景，我没赶上。以上一切，都单凭文献纪录，再添想象得来，但却足够证实，湾仔的孽债由来已久。

我出生于湾仔，从懂事开始，看见的海傍，就在告士打道。填海改变了湾仔的地貌，但命，却没多大改变。

父亲爱到海傍散步，晚饭后，穿上布鞋，"去海皮啦"，父女二人便下楼去闲逛一回。自轩尼诗道转出柯布连道或菲林明道，总得经过洛克道、谢斐道两个街口，那一带都是宁静民居。到了海傍，店铺没开几家，湾仔差馆重门庄重，右边几户是小型货栈，没人气。父亲会拐向左边，路过金城戏院、六国饭店。这样走，必然经卢押道或分域街走回轩尼诗道。这样走，经过的谢斐道和洛克道，气氛就很不一样。舞厅、酒吧、卖些不明所以东西的小店，辉煌不辉煌的开着，纹身店在二楼，溪钱张张自楼上飘下，老女人蹲在坑渠边烧金银衣纸，纸灰飞舞如幽魂。几个年轻妖冶女子站在店前或者梯口，自顾自地谈笑。这时候，父亲脸上总会泛起奇异的笑容，而我早就懂得紧紧握住父亲的手，快走几步，把他拉离色欲视野。四十年代末，我只是个小学一二年级学生，很乖很纯，但父亲从不忌讳什么，在逛街时告诉我许多故事，包括塘西风月和湾仔花事——花事，是男人想出来，做坏事做得心安理得的雅词，我怎也不能接受。父亲还描叙过三年零八个月日占时代，在洛克道慰安所里，香港女人的悲惨遭遇。为什么慰安所又要设在湾仔呢？父亲说九龙也有。为什么香港区要设在湾仔呢？大概因为靠近"铎也"，那个海军基地吧。父亲最怕我刨根究底，他必须找个令我信服的答案。

五十年代，国际风云正紧，香港在远东地位不寻常，说是水深港阔，各种船舰补给服务周全，英美舰队到来，原因大方正常。但还有众不周知的其他原因，美国舰只来得最多。穿雪白夏服或海军蓝冬服的兵哥，在分域码头上岸，就像蝗祸蜂阵，穿插湾仔街头。他们买醉，醉得昏昏然，他们寻欢，欢得七颠八倒。都该多得那个塑造苏丝黄的 Richard Mason 唔少，再加上电影里关南施的外国人心目中的"中国女人"相，兵哥揽住个中国女人，就以为自己是威廉荷顿，还一生情债。

虾球在这一带绕了十几转，然后走出告士打道海边，六姑一手拉住他，教他一句湾仔通行英语，央他帮帮忙，叫他到海边跟那个半醉的水兵说："标蒂夫格尔·温那，端蒂法夫打拉，奥茄？"

我们没有 Richard Mason，却有黄谷柳。他在《虾球传》里，把湾仔春园街、修顿球场、告士打道一圈风月地细加描绘了。你试猜猜六姑教虾球的那几句湾仔通行英语是什么意思？真可惜黄谷柳不用广东话记音，写下来只是洋泾浜，失去本地风味。

五六十年代住在湾仔的良家妇女，确实无奈也无辜，半醉或大醉兵哥，情急性急，不知就里，不懂门路，往往在路上乱颠狂闯，有时候更会到良家来拍门吵闹，吓得女人小孩东躲西避。受过惊恐，到今天，我对水兵仍存反感。奇怪的是记忆中，只有穿雪白夏服还有黑亮皮靴的水兵，却不记起海军蓝。

不必考究从什么年代开始，不再看见穿军服的兵哥在路上走。湾仔又从海夺地，地图上多添港湾道、会议道、博览道。政府大楼、各种商厦、酒店、会议展览中心，都建起来了。政治行政商务进驻湾仔，反过来可以这样说，中环的行政商务地位给湾仔抢去，有点不服气，建在湾仔的"中环广场"命名，很有些醋味的象征意义。金紫荆、回归碑，都安放在湾仔海傍，移交大典在那儿举行，升旗礼在那儿举行，我还有什么不放心的？湾仔要脱胎换骨了。

七千没穿军服的美国水兵上岸，报上照片，都见他们在湾仔作乐狂欢的样子。今回，等待着他们的还多了菲籍女人。黄昏时分，湾仔的某些层楼上，还有溪钱飘飞吗?

在智慧型高科技设计的大厦外，在电脑控制玻璃幕墙闪灯的光华背后，湾仔竟然仍没法摆脱命中之孽，Vice Returns to Wan Chai！一九七七年有人在西报上慨叹，今日，我也许是过虑了。但谁叫我生于湾仔?

再加一笔：我没忘记解开谜语，那几句湾仔通行英语是：漂亮女子，一晚，二十五元，OK？

想深入了解湾仔身世，请读施其乐著宋鸿耀译的《历史的觉醒——香港社会史论》中的《湾仔：寻求认同》。

二〇〇〇年三月

致湾仔街市

　　天气还不太热的日子，我会在湾仔逛街。走过皇后大道东，按往常习惯，总在你身前起步。

　　自从你结束工作生涯以后，我仍偶尔去看看你。

　　忘记了哪一天，赫然发现你的前半身体，给大块大块塑胶布包裹着。每块塑胶布形成了一个个格子，顶端竹竿外露，显然布料是紧附在外边看不见的竹棚上。我还有好心情，忽然联想克里斯托与让娜·克劳德夫妇，一时间什么兴致，到香港来，看上了你——一座已有七十二年历史、包浩斯人的心血遗爱，透过英国殖民地工务局的工程人员的设计，那么郑郑重重兴建起来，给湾仔市民买菜的街市，就把你跟德国柏林的国会大厦同等看待，密密地包裹好，成为一件包裹艺术。

　　那天有风，把格子布料吹得鼓胀，细心聆听，听到阵阵轻微"服"、"服"声响。

我站在马路对面，想起从前正门透出的光线，仿佛微闻瓜菜杂乱交错的气味。母亲日常买菜，一向只到夹在轩尼诗道与洛克道之间的街市。有上盖却又半露天的街市，很平民化的小摊小档，地上湿淋淋，走过会溅得一裤管污水。半露天形式，除了鸡鸭档散发着极难闻的禽粪味外，让一切气味都随空气流动散淡了，记忆中那个街市只有禽粪味。大时大节，母亲就会到湾仔街市办货。你的格局面门都宏伟。我们进去，先得步上弧型阶梯，你已有点高高在上的威势了。母亲总在后排摊档买鸡，奇怪，鸡档没有禽粪气味，反给瓜菜味盖过了。那时你没有装上大风扇，也不见得翳热，只是瓜菜味很浓。想起你，就想起那些气味，至今忘不掉。如果气味是个性成分，那么，瓜菜味就是你的个性了。

后来，真的很后来了，友人说去你的楼上打乒乓球，我实在没法子把你和乒乓球室连在一起，好几次想去看看，终于没去成，我想保住你原来给我的印象。

保住形体生命并不容易，我早接受了。试图保住记忆，保得多久，也没有保证。

二○○四年，有心人要求把你列为法定古迹，延续你的形体生命。我并不寄望。所谓保育，在香港，不过是暂且骗人蒙混过关的伎俩。你迟早避不过移形换命的劫运。

我没为你说过些争取的话，因为这是命！

二○○九年五月二十日，黄衍仁用摄录机拍了一段短片，放到 YouTube 上，在拆卸工人黄盔移动、风钻刺耳声中，我看到从未看过你的肉体。一个工人在你一条骨架上走动，专业人说那是当年最精优钢材，果然，残躯仍有硬骨头。

风钻声把四周声响盖过，推土机碾过已有七十二高龄的泥土。我看见你残余肉体。我竟然流泪了。

我深信，你不想这样子活化。

二○○九年九月

行街——组画之一

中环上环，仍然有许多有趣的街景。

沿荷里活道向西走，专为西人而设的东方风采，专为香港人而设半西半中的品味，混和在一条街上，中西文化交流变得如此具体，不必搬许多学术名词，往那里走走，可读完一篇文化论文。

新建筑物特有的油漆灰水味还没散去，添福，说有多俗气就多俗气的大厦名字。不，多中国就有多中国的农村身世。

由三楼走下来（三楼？2字楼？）已经看完极富泰、豪华、雅致的纸张，一楼是个艺廊，刘掬色版画在那儿展出。柯式印刷机、彩色影印机、拼贴……对我来说是陌生的画具和技法。寂静的画廊，"窗外香港"的灯光，忽然闪乱我的心神，遥远、模糊、错综点染如在梦中，我几乎忘了看窗内的世界。灯光竟成一种羁绊，微弱却深厚。然后，"六月里的一个早晨"，另一段时空，我故意把视线迅速移开，却又不忍地再深深注视，凌乱如幽灵的影像，画家仿佛也有点烦躁，画面上透露了粗暴的痕迹。

冷静的墙壁上，挂着热切的颜色。我沿梯而下，西方的怀旧迎上来。蹲下去看一个桃木小柜，小抽屉最好盛载小小中国白玉饰件。我拉开抽屉，又关上了，坐在写字桌前的人抬头说：随便看看。

随便看看，隔壁就是卑利街。

街边老妇摊开一地旧衣服、杂物，五元两件，她对我说。宏昌酱园的冬菇虾米发菜腐竹霸占了整段行人路。久违的酸笋味吸引着我，那种酸咸得很暧昧的气味，很熟悉，酸笋蒸鱼云，只有母亲和我吃。

百子里、三家里、士他花利街、威灵顿街，足下香港，敲出独特的城市音符。

一九九四年十月二十四日

行街——组画之二

摄录机那么方便，我也买了一具，但行街的时候，总忘记带在身边——也没有理由，天天带住一个小机器，满街走。带着，也后悔有点迟了，有些街景已经消失，我永远如此后悔。

没有拍下利舞台、没有拍下湾仔循道礼拜堂。那天，我正在想湾仔洛克道的四层高连走马大骑楼的旧楼，只剩下了旧日风光极度的巴喇沙那一幢了，该拍下来。走马大骑楼？怎么走马？一时间难对青年人说得明白。想都没想完，它就拆了。

湾仔还有幢四层高唐楼，是间当铺、挂着大押字样。进门一块大木板，红色押字挡住街外人的视线。也遮住高高在上、有铁栅栏的柜台。我没进去过，只在粤语长片中看过，广东人叫进当铺做"举嘢"，把要当的东西高高举起来给朝奉定价。小时候，常常担心，万一要去"举嘢"，自己生得矮，怎样才可以把东西递上去。有一次忍不住把这忧虑告诉母亲，她瞪着眼："癫嘅，好谂唔谂。"

这幢当铺要拍下来。

深水埗几家阿伯坐铺面的小金铺，转眼就会消失，新填地街大桶凉茶铺也保不久了。我不买金饰，不饮凉茶，忽然，发现潮流兴买金，是站着看站着买，没有阿娘阿婆坐上半天磨价的风景。凉茶铺灯火辉煌，牛奶木瓜、芒果西米捞（西米捞？），凉茶变成配角，但也不便宜。偶尔一家，两个大铜壶，擦得闪闪生光，过于张扬，已非昔日贫下阶层放下一毛子，就可解暑治病的朴素。

小金铺小凉茶铺要拍下来。

"上海滩"，扮古老的店面和橱窗，很可笑。湾仔洛克道曾有过一间没有门的裁缝铺，大裁床一张，铺着发黄白布，裁缝佬穿白笠衫，软尺搭在颈后，一切顺其自然。

没有拍下来，只好脑中重播。

一九九四年十月二十五日

街道小店的怀念

香港商场愈开愈大，个性愈来愈模糊，甚至变得没有个性。

每逢大节日，商场要弄得热闹，广场中央总有表演，层层楼边栏杆，站满了人，互挤得贴，节目一结束，各自散去，并不相干。我是其中一分子，也不是一分子。我与五光十色、科幻设计的商店，了无关系，记不住，不上心，了无情分。

日本京都老市民寿岳章子对京都说的一句话："道路是相逢的场所。"真切可感，说尽往日街道的风仪。我喜欢逛旧时街道，正因那儿可以与人相逢。相逢的意思，是人情的交流，只有旧时街道的小店，才有这份闲情。

街道与广场，完全不同。街道是聚，是人的日常必经，一张张脸，逐渐熟悉。广场是散，一众有目的而去，有些人可去可不去，去过便散。

旧时街道两旁的店，特别是小店，店主伙计与小店形成一种独有个性，你多逛几回，就烙刻在心里。这个店主好客爱聊天，生意成不成没问题，多去了，就是朋友。那个伙计凶神恶煞，原来心地善良，骂几句人只是个人风格。

儿时对街道小店记忆特深。菲林明道上，开在梅芳学校楼下侧的"甜心"，卖些零食，专做小学生生意，老板娘不理人，老板却笑嘻嘻，我去买崩沙，他往往多给我半块。洛克道上开在康健书店右邻的三元面店，三角钱一碗云吞面（行话叫细蓉），我会喝五六汤匙浙醋，吃半玻璃瓶的酸青瓜粒，伙计一见我就大叫"呷醋女嚟啦"。轩尼诗道昌华杂货店，买油买米，一叫即送上门，带不够钱买豉油豆粉，不叫做"赊住先"，叫"迟下俾"，街坊街里，人情无限。

时至今天，街道小店小摊，仍叫人着迷。湾仔太原街、春园街、交加街一带，在那里，店主总有话要说。香料店老板教我焗沙姜鸡、炒黄姜饭，我只不过去买五块钱一包黄姜粉，他却教了十多分钟烹饪。我去换手表电池，档主问我表肉内何故藏尘，就埋首清理，并说"唔收钱嘅，我睇唔过眼啫。"中环半山横街，高质素小店又另有一番景象。识得一家专营玉石木雕小店，男主人精于设计木雕和品玉，女主人善于绳结，夫妻档对手工艺的审美要求甚高。

我最初不过在店外张望，谁料一旦进去，就交成朋友。我有暇路过，进去喝口香茶，店主拿出心爱珍品教我如何欣赏，明知我买不起，还是好言讲解，我这个顾而不买的客人，成了他的好学生。一家老牌凉果店，老板孤零零一个人看铺，我探首看那些古老包装纸，他招手说进来看看，我没买东西，他却送我一个古老鸡皮纸手抽。

霸道的商场一天天多，地产商鲸吞旧时街巷，小店小摊捱不住贵租，抗不了强权，冉冉喘几口气就湮灭了。政府强调和谐人情，崇尚的只是纸上空谈，青年一代从何处寻得街道人情？

二〇〇八年三月

市声

不知道有没有人与我同感，"香港故事"展览中，最大的破绽乃来自那些隐约而似远还近的人声。

仔细听听那些闲话家常的用词，茶楼叫卖点心的腔调，就会觉得没有历史的味道。一个年代有一个年代人惯用的词汇与腔调，假不得，也留不住。蓦然回首，我们会发现有些从前人口中常说的词汇，现在已荡然无存，连老人家也无意间随着潮流，洗去年轻时的口头禅。可惜，从前留声科技未发达，没法保留那些口头文化的面貌。我们只有跟某些老人交谈时，偶然发现早已在记忆以外的词汇，才明白时代的冲刷能力。

家常话，也许家家不同，茶楼卖点心的叫声，倒是常去茶楼的人梦寐难忘的。且小心聆听那茶楼传来的叫卖声，短促又没神没气，一点牵惹不起旧时食客的情意。往日茶楼点心花款不多，叉烧包、鸡球大包、虾饺、烧卖却不可缺，卖点心的阿伯阿哥，捧着大蒸笼，运足中气，各有高低抑扬腔调，我现在还记得第一楼和得云两店叫卖叉烧包的声音。

市声是最令人难忘的，但它们又一去不返。当年陈韵文、许鞍华拍电影，为了找人叫卖衣裳竹和裹蒸粽，费尽气力，还未满意，因为许多人不会忘记童年听过：长夏午后衣——裳——竹，寒冬夜里裹——蒸——粽的市声。特别是深夜街头的卖粽声，苍凉寂寞又冒着白烟的温暖感，一生难忘，摹仿者偶一不像，都难逃记忆检查系统。从前曾在日本京都参观过"旧都市声演出"，据说都礼聘八九十岁老人作指导，其中更有亲自演出。看见台下老人欣喜表情，总可相信那些声音一定逼真得很。

香港故事，竟然欠缺真切声音，倒不如无声了。

一九九一年十二月二十八日

试看日落

你看过香港的日落吗？我问一个土生土长的年轻香港人。

他诧异地看着我。有点冷不提防碰上如此陌生问题。看过吗？我再追问，他知道躲不了，也知道我是认真的，低下头来沉思一会儿说：没有。

一点不出奇，我也很久没看日落了。如果不是读到王安忆写的《美丽的香港》，差点也忘记了。

香港的日落无比的奇特，一轮巨大的红日，冉冉地沉入高楼的谷底。当它迅速地沿着摩天的大厦向深渊滚去，你便会看见那样一个壮观的瞬间：太阳与大楼并列在晚霞飞舞的天幕，颂歌与悲歌波涛涌起，瞬间变成了永恒。第一颗星星和第一盏灯亮了，天空暮地暗成了深夜。……

年轻人读着这一段文字，疑惑地摇头："是这样子的吗？太文艺腔了，有些肉麻。""你在高楼大厦的缝隙中看过日落吗？"我追问。"你曾尝试静心凝神看过日落五分钟吗？"我追问。"没有。"他显得有点不耐烦。"既然没有，你凭什么说人家文艺腔？怀疑是不是真的，为什么不先看看？"也许，他很快就忘记了我的追问，也许，他果然去看某一天的日落。答案如何，只有他自己知道。

黄昏时分，大部分的香港人在做什么？在扰攘马路上、挤迫公共交通工具里，匆匆步伐，谁有闲情抬头看日落？经过一天紧张的谋生，不立刻赶回家的人，可能已躲进昏暗而恒温的小酒吧，过所谓"快乐时光"。他们还有许多理由没看过落日，大都市的天空给割切了，逼人生活噬了诗意闲情……谁叫我们活在这样的城市里？

人总有理由为自己的错失作解释，然后诸多埋怨。我并不想这样责怪香港人，要责怪的是我们缺乏了一种高质素的文化教育——一种幽雅闲静的文化素养。我们总有借口：谁叫我们活在这样的城市里。巴黎、东京不也是大都市吗？人们也十分匆忙，但他们仍旧保持着自己的闲静素养，尽管东西文化不同，给自己宁静时刻，静观自然变化，却是相近的。日本明治维新以后，大都市人忽然埋没在机械文明的狂潮中，教育界深以为忧。终于他们提倡了"每天面对自然五分钟"，让大和民族从分秒必争的繁忙生活里，超拔出来，静观自然，培养沉思默想的习惯。日本人有吵闹一面，同时也有十分安静的时刻，相信就是这教育的结果。

心灵有空间，天地万物才可进入，人才可获得自在反省的机会。香港人就是缺乏了这种空间，嘈吵、忙碌——不让自己闲下来，令生活变得烦躁不安。

我们不安。不光是钱的原因，不光是政治、社会问题，而是我们自身的阻障、心灵的阻障，与大自然疏离了。

去看看日落。是不是太幼稚、太简单了？也许是。但当心灵走到山穷水尽的时候，试试又何妨？

一九九九年一月

今夜星光灿烂

灯色如海，升起阵阵晕黄的雾，使夜市的上空发散着迷蒙的光气。

远航归来的人说："海上迷失方向，看见这种光气，就表示有陆地，有人烟灯火了，这是得救的象征。"

我抬起头，看不见冬夜灿烂星空。

光害的世代，本来是这个样子。也许该说，纷乱的头脑看有光气的夜空就是这个样子：偶然抬头看见初升、黄澄澄的大月亮，就讶然说："那里亮起了一盏大街灯。"尽管多么熟悉星图的人，还是会给人间灯火弄得糊涂了，连猎户座也认不清。

天，本来浑然一体，自有必然的运行轨迹，星宿各安其位。

闪闪寒光，经历了多少光年空际里程，来到人间，既照今人，也曾照古人。

为什么，我们竟给自造的光气迷住？……

人事纷繁的时候，我忽然想到太空馆里的星空。

那里，今夜星光灿烂。

金牛：七十光年，御夫：五十光年，猎户：五百光年，波江：一百光年，双子：四十五光年……就是一闪光亮，千秋万载前，它们启程奔向地球，如今，同聚在我的眼前。

没有光害，没有云层，不保留的全在眼前。

彗星，我们只说它的速逝，但它在太空中却滑行了九亿公里。还有流星雨……一瞬即逝的，今夜全在这人造星空中。

我静静坐在太空馆内，不想外面只争朝夕的世界。青空如洗，且醉，今夜星光。

一九八一年十二月二十四日

文华门外

透过蒙满水气的玻璃片，看窗外景观，没看见什么，一阵风过，水气忽然散去，眼前景物竟是如许清澈，童年回忆，就是这个样子。……

我走过文华酒店门外——不！我站在一幢几层高的古老西式大厦的门外，那必然是个快乐的星期六正午，必然亮着很灿的阳光。等一会儿，父亲就会自对面不远处的天星码头出口走出来，我清清楚楚看得见他从码头出口夹在人群中走出来。乘天星小轮的人都穿西装，只有我父亲永远穿着唐装衫裤。天星码头就在狭窄的街道对面的岸边，我站在大厦骑楼底，没有什么能阻挡我的视线，偶尔一两辆汽车经过，很快就过去，从不会挡住我看父亲走出来的机会。很久才有一班小轮，如果父亲错过了一班船，我就知道可以走开一下，走到侧面空地的停车位去，看看数数停在那里的小汽车，黑色的灰色的，在灿然阳光下，很干净的高贵的停着。我爱看小汽车，只有这里可以看得见那么多。不一会儿，我又会走回骑楼底下，小轮还没有泊岸，我抬头看大厦一根一根又粗又大的石柱，灰白蒙上尘，有点黑，撑着的楼底，距离我好远好远，阳光跟骑楼底的人没关系，正因这样，晒在阳光下，小小的天星码头就显得特别亮，亮得有时我要眯着眼睛，看父亲走出来。父亲走出来，他总习惯先抬头看看大厦的三楼，那里是黄埔船坞的香港区办公室，他在九龙上班，不在大厦三楼办公。我不知道办公室是怎样的，只知道三楼外边挂着五个好大的英文字母，我认得那五个字，合起来却不懂得怎么念。问过父亲，父亲在洋人的船坞里打工，懂英文，但我从没听过他说英文，因此，他也没有把那五个字串起来念给我听。

他说那是另一间洋公司的招牌，那是一家在上海就办起来的旅游公司，世界著名的。父亲有满肚子掌故，我可却不懂得什么叫旅游，他说就是环游世界，坐大洋船坐飞机去，去很远很远的地方，我并不想去很远很远，因为我不知道很远即是有多远，父亲每天过海去上班，大概很远了。父亲说你现在还小，只有八岁，等十八岁，我就和妈妈带你去环游世界，通济隆会带我们去，通济隆就是那五个字母。我倒看过《大闹广昌隆》，没听过通济隆，父亲说那是洋公司的中文名。以后每次提到广昌隆，我总会想起通济隆，不过，并不是想去旅游，十八岁，还有许多日子，我不去想它，反正又不知道旅游是什么一回事。但有一次，我问妈妈她要不要去旅游，她说要，有余钱就会去，不去环游世界，去中国，我问是不是通济隆带我们去，她说不是，那是家洋公司。我没有兴趣追问下去，只耐着性子等父亲从码头出来。父亲还没有出来，又错过一班小轮了。等一下，我们就会沿着海旁往西走，经过一幢幢洋楼唐楼，再走过华民政务司署，当然看见在它对面海旁的统一码头。父亲走到这里，喜欢拐进电车路，他会停在百代电器公司门外，看看电器。我却急着拉他走，快一点钟了，隔壁先施公司楼上的中国酒楼，要满客，虽然我们从没试过没座位，阿添哥给我们留座，父亲说阿添哥是老企堂，好熟落。我还是急着去饮茶，那是个快乐的星期六，站在骑楼底等父亲，必然会去中国酒楼饮茶。父亲还没有从码头出来，怎么还不出来？对面天星码头在阳光下好闪眼。闪闪闪，天星码头退到好远，我仿佛听见大笨钟的响声。……抬头看，文华酒店大玻璃发亮，不断的汽车流遮断了我看对面马路的视线，我原来站在文华门外。

（香港纪录片惹来的之一）

一九八八年四月二十日

怀旧十题

引子

怀旧，不该是一股潮流！

怀旧之情，永远藏在我们生命里！

多少过去了的人、事、物，无论好的坏的，对的错的，美的丑的，都是人的生活一部分，跟我们乐过忧过。

不是时刻缠在回忆里，但偶尔，在某一瞬间，会无由地泛起几乎在记忆中湮没了的一个名字、一节情景、一种滋味、一段对话，或者一件完全无关重要的旧事。清晰得如在目前，可是再仔细追查下去，它们又会变得朦朦胧胧，仿佛像梦的碎片，叫人无法捕捉得住。在匆匆的步伐中，只有回顾，才看得清楚自己走过多少路，留下多少笑和泪。

现在,怀旧潮来,但愿它带着"不忘故旧"的温厚感情,回看为我们今天铺路的昔日一切。又或者，不必计较什么成败得失，不把事情看得那么严肃，只在匆忙的今天生活中，稍作温馨的回望，就让我写下怀旧十题。

藤书箧

我们小学生，全都用藤书箧，没有谁的比别人的好看，因为藤书箧全都一个样子。

箧子用幼藤编成，一行行很有层次的花纹，有点像古老大屋的瓦檐。边缘骨架要硬挺一些，会用上竹篾，其他如连住盖子和箧身的扣环，都是藤编。闩住扣环的横条枝，又开又拴的，活动多了，比较容易断掉，我们就会找来一枝竹筷子，把左右两边的扣环一起闩住。

藤，很够韧力，用上好几年，也不见全破掉。往往是哥哥升中学，买个新的，旧的那个就留给弟妹。据说经了"人气"，藤色变得油黄发亮，便愈韧愈滑，那才好用；做弟妹的也真的相信了这个说法，毫无异议地拿了旧箧子上学去。偶然有些结口松了，藤条甩出来往外竖，家里总有人懂得修补，拿另一条藤或绳子，把结口扎紧。如果弄不好，就得千万小心，别碰上时髦女士，免钩破人家名贵的"玻璃丝袜"，惹来一顿骂。

藤书箧很轻很好，只有一个毛病，下雨天，水会渗进里面，弄湿了书簿，就很麻烦。

一九八〇年五月十五日

工人裤

小学时，校服本来是蓝布裙子，忘了打从什么时候开始，校方准许我们改穿工人裤。反正那些日子，白衬衣、蓝工人裤的中小学生，满街都是。

工人裤很耐穿。缝制时，家长通常吩咐裁缝师傅把裤子造得宽些，两条吊带长些，裤管比该有的长度多一两寸，再把多出来的往内折。人长高了，就先把吊带上的钮扣逐寸往下移，到了不能再移，才把裤管折起部分放下。这样，一条裤子可让天天高的小伙子穿上好几年。只有长胖了，就不大好应付，因为裤子总不能太阔。最初，要在近腰的两旁加上套带扣子，扣上可把裤子收窄。等人胖了，把扣子松开便成。可是，再胖些，就没法子，只好缝新的了。

这倒叫人开心，因为要等好几年，才有新裤子呢！我却很"不幸"，几年也不高不胖，母亲又把裤子裁得过分阔，于是我身上总像挂了个大蓝布袋。

工人裤，穿起来顶舒服，只有肩膊不够宽的人，会碰上一点点麻烦，由于带子的钮扣往下移，就显得愈来愈长，很易从肩上滑下来，时刻要忙不迭把它拉回肩上去。

木屐

买木屐，是宗大事，因为那是母亲唯一让我自己挑选的东西。

平时，在家里穿皮拖鞋，说不上什么款式，只有木屐才多颜色。

湾仔道上，有两三家木屐店。墙上一排排木架，架上一双双木屐，通常只挂女装的，花红花绿的，十分耀眼。男装没花样，全是木色大板屐，挂起来也没看头。店里柜台很结实，顾客讲好木屐，老板或伙计便依脚型大小，在柜台上，用钉子把木屐皮带钉好，钉得又快又准。

木屐设计很奇怪，支着底部的地方分前后两部分。前部不近屐头，穿不惯，整个人重心会落向屐头，走起路来就会一瘸一瘸的；穿惯了，当然不成问题。想来，木屐并不那么好，我怀念的只是买木屐的日子。

一九八〇年五月二十七日

沙示

虽然，那时候，安乐汽水厂还没关门，我赶得上喝安乐橙汁汽水的日子，但父亲爱喝屈臣氏沙示，逛街倦了，总会买一瓶，父女俩分着喝。

喝沙示要技巧，也得小心。

瓶盖一打开，汽泡就往上冲，要赶快把瓶子倾斜一点点，汽泡才不会带着水冲出来。倒进杯子里，泡泡浮了一层，在深褐色的汽水上面，很热烈的样子。这时，立刻呷一口，呷到的只是似有似无的水泡，有些泡泡破了，水点还会溅到脸上；其余不破的又会附在唇上，一圈微白，父亲说大人豪放地喝啤酒时就是这个模样。又是大人，又是豪放，真有意思。以后，喝沙示，我一定抢先呷这第一口，让泡泡附在唇上，也就觉得很"豪放"！

喝沙示不能太急，呛着了不是好玩的。喝下去，水往下吞，气却在食道里朝上涌，一阵压迫感升自胸口。要等一会儿，"嗝——"，气，已冲过许多阻隔，变得轻快地由嘴里冒出来，就是"嗝——"的长长一声，人立刻感到"压迫"消散，十分舒服。

制造了"压迫"感，然后又等它消散，这大概就是喝沙示的乐趣。

白糖糕

母亲不大准我吃零食，只准在下午四点钟左右，吃一点糕饼——陈意斋的薏米饼、云片糕，或者街头叫卖的白糖糕。三样糕饼都是甜的、纯白色的。我倒比较爱吃白糖糕，理由不在那种好吃些，而是白糖糕多了一种"乐趣"。

夏天的下午，长街又热又寂静，三四点钟，人就很困。不迟不早，街上响起清朗的叫卖声："白——糖——糕。——白糖——凌——教——糕。"声音拖得很长，只有"糕"字却收得很急。这叫声叫动了许多孩子的心。我们知道那卖糕的会在哪间店铺门前停住，放下可撑开的木脚架，把顶着白糖糕的藤箕安在上面。我们知道他会停多少时间，我们会想办法"提醒"母亲卖糕的来了。母亲不一定答应，但只要她一点头，我便可飞奔到街上去，一角钱一块闪着白光的糕，就在手上，又热又困的日子，很易过去了。

一九八〇年六月四日

紫檀家具

紫檀家具，很沉实，很庄重，适宜放在大厅里。

家里大厅中央，摆着一张圆桌四张圆凳。桌面嵌了一大块云石——细看像幅云水苍茫的中国画。桌子和凳子的脚都向内弯成弧度，紫檀的黑亮光泽，就因那些弧度变得更显眼。左边贴近墙边，放了两把高靠背的椅子，两张椅子之间放一张茶几。靠背上发亮的紫檀板刻着植物浮雕。右边贴墙放了一张又大又高的紫檀"炕床"，由于没有花纹，加上坐的人多，挨挨磨磨的，木更漆亮得闪光。这也是我的床。夏天，卧在紫檀床上很凉快，只是硬一点，辗转反侧之际，骨头敲得床板咯咯作响。

父亲认为家具蒙了尘就不好看，每天要打扫三次，每星期还得上蜡打磨一番，这些工作都全落在我身上。星期六下午，我会很用心地把所有紫檀家具上了蜡，然后慢慢把它们擦得闪亮。看到家具的光泽，心里就很高兴。大概正为了这种快乐，我从没把上蜡工作当成苦差；对那些工具，又多了一点点难以形容的感情。

藤椅

藤椅，很轻很柔，给人一种闲适，像度假的感觉，适宜放在露台或骑楼上。

家里骑楼，放着两张大藤椅。历史悠久，这从它深黄颜色和因久经"人气"的润泽，可以证明。也因用得久了，坐的部分受力多，变得凹下去，小孩子坐，就像藏在小竹箩里。把手和椅脚的藤也松脱了，家人找来新藤，重新缠扎，由于颜色比旧藤浅得多，我们便叫它们作"四蹄踏雪"。

坐紫檀椅，姿态要四平八稳；坐藤椅，倒可十分随便，通常可以盘坐在里面。有时，又可半卧半睡，把腿搁在另一张椅子上，舒服得很。

漫长的暑假，我就多坐在藤椅上看书，睡懒觉。有时候什么也不做，坐在椅上，摇摇摆摆，听藤椅发出吱嘎吱嘎的声音，就过一天。

一九八〇年六月十日

广播节目

假如说，现代的小孩子有一个充满电视节目的童年，那我该有一个充满广播故事的童年。

那时候，香港电台的广播时间短，内容又欠娱乐性，我们都不要收听。家里有座古老收音机，父亲用竹竿在天台上装了天线，于是可收听广州电台。上午十点多钟开始就可听南音，在瞽师口中，我听完了整套《东周列国》、《背解红罗》、《杨家将》、《钟无艳》。中午时分，我听李我的天空小说；或邓寄尘一人扮演五六个角色的谐剧。晚上又可听"大戏"，什么《梁武帝出家》、《情僧偷到潇湘馆》，旺台的戏，倒可一连听十次八次现场转播，只可惜，我从不知道最后两幕的情节，因为母亲不准我迟睡。

再过些日子，有了"丽的呼声"，香港电台的节目也丰富了，做听众的有点应接不暇；母亲也开始"管制"，不让我不分日夜的听广播。节目内容的多样化，自然不能跟今天相比，但那是个很踏实的年代，讲故事的人老老实实地讲，听众也老老实实地听，就这样子，我们已经很满足了。陈弓讲《水浒传》，叶慈航讲《三国演义》，还讲它跟正史的分别，教我们读正字音。方荣讲来讲去还没完的《济公传》、《七侠五义》，总不忘说说做人道理，最后例加几句："因果里头有句话……"。除了这些古老东西，在广播节目里，我们也可听到《日出》、《雷雨》、《家》、《南归》。滔滔讲《虾球传》，让我第一次知道过了狮子山，可以回到中国去。——原来祖国那么近，小孩子心里很兴奋。以后还有钟伟明讲《林世荣》、《方世玉》，尽管武侠小说，或多或少仍少不了"忍辱负重"、"锄强扶弱"、"忠奸分明"的教训。

也许，这些早给人遗忘的空中声音，实在比不上今天红极一时的广播员那么"活泼"、"够劲"、"随便"（或"亲切"），但我仍感到他们有不可磨灭的光辉。感谢他们的自觉和自尊，使我并不后悔自己有一个充满广播故事的童年。

一九八〇年六月二十日

街景

没有电视节目可看的童年，我们看街景。

其实，也不见得有什么好看，冷冷清清的一段轩尼诗道，店铺沉沉实实的几家。对街就有三家中药店，其余是杂货店、裁缝店、面包店、米店，都做街坊买卖，招牌挂上不知多少年代，又不作兴卖广告，谁好谁坏街坊心里有数。

只有对户一家怪鱼酒家，有点新鲜兴味。为什么叫怪鱼酒家，孩子谁也没有问过。店外一堵大墙上，是幅海底奇景图。每年岁暮收炉前，就有油漆匠在上面绘新的一幅。无论画面怎样不同，但例少不了一条美人鱼和一个潜水铜人。看人家绘这墙画，是这条街上孩子的大节目之一。我们会热心猜想：今年的美人鱼的姿态会怎样子，旁边又会有多少条怪鱼。鲜明的漆油迎着新年，看得人很开心。我们会天天看这画，一直到它在不知不觉的风雨侵剥中褪了颜色，一年就差不多过去了。

晚上，酒家灿烂的灯火，在沉寂的长街上，显得充满夸张的欢愉。设宴人家还会请来粤曲班助兴。入席前，多会烧一串很长的爆竹。尽管我们不喜欢烧爆竹，因为在很静的晚上，实在太吵了，火药味又呛得人辛苦，但我们依旧会热心地看。凭爆竹的长度，可以猜测摆宴人家有多体面。爆竹烧过后，浓烟未散，野孩子在满一地爆竹衣堆里，抢拾未烧过的小爆竹，使夜间街头充满刺激。

白天，街景也并不流动。但每隔一段日子，总有些异常的"热闹"，那是出殡的行列经过。孩子心中没有死亡的悲哀，不过仍知道看那种"热闹"就不该笑，我们默默看一对蓝字白灯笼，看中西乐队不整齐的步伐，藏着棺材的大花塔，白帏帐里，要人搀扶的披麻带孝的死者亲人，跟在后头的送殡行列。我们默默听唢呐刺耳的长号，洋乐队大鼓一下又一下，震动由耳膜传到心里。孝帏里偶有个人呼天抢地的哭声过后，看热闹的人散去，长街又回复老样子——不流动。

一九八〇年六月二十七日

炭和柴

童年，在厨房里流了不少泪！

不要误会，那不是小丫头厨房自叹的故事，只因为烧的是炭和柴。

炭和柴，刚开始燃烧，火还未盛时，烟最浓。特别是柴不够干，要烧起来，真不容易。首先，得讲把柴或炭架起来的工夫。炉子底的灰不能多，先要清理一下；然后找来旧报纸，松松一团作助燃。上面堆架的柴和炭，既要中间空隙多又要架得稳。先放幼枝再杂粗枝，这样燃点起来，火会愈来愈旺。炭炉更要加把劲扇一扇风；用扇子，要考腕力，扇得过分，只扬起炉底的灰，对火，完全没有作用。通常，我们不用扇子。厨房里多备一管中空的、尺把长的竹筒，这就叫"火筒"。把"火筒"一头放在炉里，人在另一头使劲吹，就可以助长火势。

架柴扇风技巧好，也并不表示可以避免浓烟，还得看柴质好不好，够不够干。遇上不好的柴，满厨房是烟，什么"炊烟四起"，实在没有诗意，只呛得人一把眼泪。造饭时刻，几个炉子同时燃起，人在厨房里的滋味，恐怕用煤气、石油气、火水的"现代人"不容易感受了。

用柴还有一个步骤要预先做好的，那是"破柴"。较廉价的柴都是粗粗一段一段。柴店里的人把一担柴送来，我们就把它堆放在近厨房的走廊上，柴太粗，不好烧，必须先破开，大约是一破为四，就最适用。家里有两把柴刀，又重又大的一把给大人用，专管破有结的大柴；又轻又小的一把给我用，专破幼柴枝或把大人已破开的柴再破得幼些。

工夫到家的人，破柴的姿态很"潇洒"；一手把柴放在垫木上，一手挥刀，凌空对准柴枝一砍而下，柴枝就应刀一分为二。我从没胆量这样做，总乖乖地把刀按在柴枝上，连刀连柴提起来，重重再放回垫木上，通常要两三下才能把柴破开。

柴破好了，再很有层次的堆叠起来，那天的任务也完成了，就很有成功感，我不怕破柴，只怕一不小心给刺刺伤。虽然，那算不了什么"伤"，只要请母亲用针把刺剔出来，涂点红汞就好，但刺在肉里时，很不好受。

一九八〇年七月七日

信笺

　　中国文人讲究信笺，自制信笺力求雅致精美。在博物馆或专场信简展中，看到名士们潇洒的字，写在风格不同的信笺上，真觉风华绝代。

　　第一次触摸的信笺，是念小学二三年级的时候，亲戚自内地来，送给母亲一叠十竹斋信笺，母亲爱不释手，小孩子并不懂什么十竹斋，只记得印着不同竹子画的纸张，母亲让我摸摸就收藏起来。

　　直到二十年前，在京都大学图书馆里，看到一九三三年鲁迅、郑振铎编的《北平笺谱》（京大所藏是编号本），真是惊艳，从此迷上古笺，努力遍寻有关笺纸的书籍论文来读，读了郑振铎的《访笺杂记》，才知道还有《十竹斋笺谱》、《萝轩变古笺谱》，感谢鲁郑痴人，为我等后辈留下这样美的遗产。

念念不忘，又过七年，一九七九年第一次到北京，在元气未复的荣宝斋门市部蒙尘橱窗中，惊见一九五八年复制的《北京笺谱》，只售人民币八十多块，立刻买下拥归，那种心情，如坐轻云。一九八二年再买得《萝轩变古笺谱》，于是，心愿大半已遂。虽然，双谱藏起来的时间居多，但偶尔拿来观摩，也觉赏心乐事。

　　这些笺，自然不会用来写信。我还买了许多散笺和日本信纸，只是自知字写得差，不好意思写在那些美好笺纸上面，以免大煞风景。

　　近人自印信笺的不多，就是自印，也不过有些印刷设计而已，难有如古笺的特制。文人闲暇而有余钱，也不易找到荣宝斋等名店名手艺家来专门侍候了。

　　很懊悔没学好一手字，空有张张好笺，却没有勇气写几行字，寄出去。

　　　　　　　　　　　　一九九二年十一月二十七日

人间清月——敬悼任姐

一个道成肉身的中国书生去矣！

如此人间清月夜，逝去即成永诀，不老不死，也不过是记忆中的凝镜。

那眉宇间泛出的清俊，寒星朗月，耐不住相思之苦，自有一番痴呆情状。追舟者拨柳看蓉蕖是一痴，怒碎伯牙琴是一痴，折梅巧遇是一痴，握管写春游三篇未果又是一痴。偶尔的佻皮，掀起人爱恨两重。遇强横，惊惶失措，遭突变，六神无主，都自有他翩翩风采。

一挥袖一弹指，绝不现代，这个书生叫人倾心处就在不现代，更不现实。他的存在是在实景人生中的虚写一笔。这一笔，山青水秀，不吃人间烟火，就把现实中的穷山恶水，完全给隔开了。

古代中国、古代中国书生，是真个怎么模样？说起来，山长水远。只有他，却翩翩在灿烂舞台上现出色相，在台下的人，分明看得清楚，笑与泪，痴与怨，都入心入肺，但毕竟又终有一层距隔。既可刻骨铭心，又能在剧终时无伤大雅，这一笔虚写，妙就妙在这骨子里。

这个书生，多的是柔情万缕，潇洒拿捏得恰到好处。潇洒二字，得来不易。潇洒不是流于油滑，却也必得带一两分油滑，油滑中还要有七八分真情和机智，才惹得人又爱又恨。现世恶俗太甚，清风朗月，实在众里寻他不见，就只在舞台上，有这一段因缘。

我们这一代，感谢这一笔虚写，由这道成肉身的书生写就，如今，书生去矣，一代风流，从此了结，说什么失梅用桃代？如何取代得来？知音者从此寂寞，人间清月永成凝镜。

补笔：任姐，是人们对任剑辉的尊称。这位粤剧艺术工作者于一九八九年十一月二十九日去世，我怀着无限敬意写就本文，并带到她灵前献上。

一九八九年十二月五日

旧衣冠

那驸马盔、金凤冠，那两套金线绣红袍、襦裙，好几次隔着晶莹玻璃展柜远观过，也好几次近在眼前用手触过。

已经是三十八年前的旧物了！当年它们在舞台给名角穿戴上，泛光灯照，我未有任何感觉。台上歌舞流动，声色耀人耳目，它们显然被我忽略了。

三十八年后，后辈薪火相传，让粤剧《帝女花》经典重现，主事人为戏服重新筹谋，赴北京苏杭，以求针线巧匠。演出之夜，于是满台金缕琼瑶，十分耀眼。

谁料，真是谁料，恐怕观众无法预料，最后两场《上表》与《香夭》，徒儿会穿戴旧衣冠，重现师傅风神。一台新服，尽管曾如此光耀玲珑，霎时间，就给两套旧衣冠比下去。

北京老工匠曾轻抚这旧衣冠，满眼殷羡之情，频说"巧物巧物，精品精品"，又带无限惋伤，频说"如今无如此好物料，无如此细工巧手"，并歉意说"多少钱也造不成，只能造得形似"。面对旧衣冠，他诚实而有愧色。

该不该重新披戴？与全台新服同时现身，岁月沧桑会不会令它们黯然失色？可经得起现代灯光的灿烂否？这都令人颇费思量。

霎时间，一台新服就正因耀目而给比下去了！

老工匠说无好物料，乃指金缕线与红缎。旧时金线，细软光沉，绣成图样，轮廓自然光粹，灿然却不含贼光烁目。旧日绸缎，柔净贴体，质轻如雾，披挂在身，曲肖其形，挥袂挑袍之间，辉光流照，尽态极妍。老工匠说无细工巧手，乃指针线细密的十指春风。陈丁佩《绣谱》说绣工讲求：齐、光、直、匀、薄、顺、密，缺一不可。我细看旧衣冠，果然"齐则界限分明，齐则精神爽朗。""光与齐相因，丝丝栉比，不使一毫出入。""直始能平，平如春水，觉精彩之自生。直如朱弦，惟缓急之咸适。""不匀则不直，不直则不光。匀是在粗细适均，疏密相称。""薄则倍觉熨帖，观之高出纨素之上，扪之则复相平。""一丝不顺，则气脉全乖。……由渐而转，自然成片。""总在一字之细，细则能薄，亦惟细始能密耳。"这等精妙，求诸今日，简直异想天开。

且放眼细量，台上红袍翻飞，金图挪动，方信"裁缝则万壑素体，针缕则千岩映目"，果然旧时风华，醉人心目。

坐在台下，我惊讶自己当年的疏漏，我赞叹老醇沉潜之色，原来如斯耐人寻味。

旧日衣冠，令我心神俱醉。

二〇〇七年一月

粤语片启示录

之一：法律模式

许多同辈人都说：我们是看粤语片长大的，无论伦理关系、价值取向，以至人生观，或多或少受了粤语片的感染而不自知。最近重看了许多粤语片——都是从前看过的，自母亲去世后，父亲只有一种娱乐，就是看粤语片，父女俩凡粤语片必看。无可否认，我的许多知识、心态，甚至"智慧"，都来自粤语片。现在重看，印象犹新，但得到许多启示，且待我一一道来。

粤语片古装的法律模式：少数人意愿。

这话怎样讲？皇帝、好官、坏官一律都是少数人，都讲私情，讲裙带关系，讲家族串连。天子登殿也好，三司会审也好，八省巡案微服出巡也好，包公扮鬼靠吓逼供也好，一切法律都不重要，最要紧的是惊堂木一拍、好人坏人公有公理婆有婆理，给机会大讲一顿，再按剧情需要——通常好人吃亏在先，一声令下，打他八十大板，昏死过去，便收押天牢。就在此际，天子、好官、坏官，自有个人主观判断，或者再加师爷集团，挤眉弄眼，在大人耳边喃喃，便成定罪蓝本。等到明天再审，几乎大局已定，甚至推出午门或刑场，刽子手手起刀快落的刹那，自有人良心发现，或目击证人出现，三言两语，天子、好官、坏官脑袋灵光一闪，便可一言平反了。不但平反，为了补偿，天子总大封好人家族，有时连小姐丫鬟的终身大事，也插手包办，一干人等，欢天喜地，谢主隆恩，而坏人又难逃一死，或发配边疆，剧终再会。一剧到底，法律只不过是打板子、坐牢、斩首等几项。天子、好官、坏官、师爷集团，有时还加个由垂帘听政忽然大发雌威走出公堂大殿的东宫西宫皇太后或大官夫人，凭个人意愿，就成了法律执行者，来来去去，一切由几个人定夺，模式就是那么简单。

之二：叙事手法

粤语片叙事说话模式：剧终前最快速。

叙事形式本来有多种，倒叙、插叙、直叙等等，粤语片多用直叙法，偶然用上倒叙，也得依靠松蒙画面引入。叙事详略，有个公式，在剧终前十五分钟之前，由于还有许多时间，剧情发展必须细致缓慢，同一件事，阿甲讲了，阿乙还要再讲一遍，旁人又得插嘴讲，并加评述。生人要讲，重病垂危者也须喘完一口气又一口气把事情交代清楚，然后把头一歪，才能死去。有时更要鬼魂显灵托梦之类，又讲一番。观众乖乖，全部入脑，明白事件真相，但由于时间尚早，只有主角还不能知道，或含冤受屈者就硬是不肯对主角直言不隐，于是，永远大特写，女主角眼中一滴泪，流呀流的，还流不到腮边，凄然地一字一顿说："我做舞女，系有苦衷嘅，但系我唔讲得俾你听，第日你自然会明白，我系为你好嘅！"累得观众咬牙切齿，恨不得走上银幕为她伸冤。虽然，中途叙事也有简洁时候，镜头映出流水落花，或枝头花开花落，字幕打出"十八年后"，主角便长大了或老去，但通常这只是过场交代，并无重要事故发生，不是叙事重点，我们不必理会，观众是注定等待"有事发生"时刻的。直到临完场十五或五分钟，正是剧力万钧、剧情急转直下的时刻，就在此时，人人说话都变得简洁有力，一言两语，撮要功夫到家，而主角忽然又变得领悟力特强，坏人也恶根性大崩溃，良心大涌现，"系我错，系我唔啱，系我对你唔住，你原谅我啦！"一切冤情委屈全面清洗，雨过天青，大快人心。

这种叙事模式，有个好处，前面拖长，拼命拖，拖得观众有些不耐烦，然后把高潮快刀斩乱麻，突然推出，观众心头一松，"呀！戏终于做完咯！"总算了一件事！

之三：观众身份

粤语片对观众的定位模式：最明白事情真相，却又最无能为力的旁观者，最聪明但又是最蠢的受虐待者。

牵涉到自己是观众一分子，情意结相当复杂，有时很难冷静地观察，但我还努力尝试自我分析一番。

根据粤语片叙事手法，观众很难不是最明白真相的人，虽然有些编剧会故弄玄虚，窗纱掩映，女主角人鬼难分，黑袍挥动，来去无踪，观众总该了解编剧不会导人迷信，主角一定是人。加上白燕、南红、嘉玲、陈宝珠、萧芳芳、张活游、吴楚帆、胡枫、谢贤、吕奇一定不会是坏人——如果是坏人，一定是孖生姊妹、兄弟，或者坏人化妆顶替。如果看到陶三姑、刘克宣、周志诚、冯应湘、林妹妹，任他们怎样笑面迎人、甜言蜜语，也不会相信他们干出好事来。这样一来，观众变得最明白事理。但眼看着主角们有理说不清，中间又有奸人挑拨教唆，穿了唐装衫裤，不扣衫钮、戴歪毡帽、嘴角叼住一根香烟的坏人手下，刀仔手枪的威胁，主角永远该逃的时机不逃，永远绕着茶几沙发跌跌又撞撞，观众就不由不又急又气，巴不得上前说个明白，或者献计解难，可是，一急之下，方才醒觉，自己不过是个旁观者，万事急不来，无能为力莫过于此。

至于最聪明，已可从上文引申解释得到答案。最蠢的受虐待者，可分两层意义看。第一层，是编剧导演认定观众是最蠢的，一件事非要再三说明不可，有时还要画公仔画出肠，才能令观众大叫"哦！原来如此。"另一层则与人无尤，是观众甘心情愿买票入场，送上门来受干急虐待，不是最蠢，又是什么？一旦成为观众，命中注定，给编剧导演"玩死"！别无选择。

之四：教育定向

粤语片对观众的教育模式：忠奸分明，恶有恶报，善有善报，到头终有报。

通过角色的定型，忠奸分明是必然结果。陶三姑偶然饰演好心包租婆，未到剧终，观众仍然放心不下。白燕忽然变得狠心下毒，散场之后，观众可能心心不忿。忠奸如此分明，有两个好处：第一，观众不必费神分辨，不必疑神疑鬼，比起近年流行的"最好的朋友，就是最狠的敌人"那种人性多样多层化，令人安心得多。小孩子入场，先问大人剧中人"系忠嘅抑或奸嘅"，就可决定自己站在哪一方。第二，从小教育，我们坚信世事有绝对分野，成为了立身处世的道德标准，小孩子没有人肯扮石坚。沿着这种观念发展，善恶到头终有报，也是必然的定律。有了这终极盼望，人们就具备高度忍苦能力，为的是深信苦尽甘来。万一不幸甘还未来便离开人世，也不用害怕，因为可借尸还魂，或者双双化蝶成仙，飞舞花间，轻蹈彩虹，天上人间，团圆结局。至于恶人嘛，当然难逃惩罚。

这种教育自有它的优点，教得观众坚持做好人原则，温柔敦厚，努力等待"报"的来临。但，近十多年，社会人性均有极大变化，忠与奸往往集于一身——据说这才是合理的、立体的人性。人物时忠时奸，累得深受粤语片教育的人无所适从，难于判断，心也无处安放。至于"到头终有报"的信念，本来也动摇了，幸而有寿西斯古的下场，现身说法，话都冇咁快，这才叫粤语片观众重新获得信心，继续活下去，因为有了盼望！

——一九九〇年三月二十六日

救生圈

　　问过几个人,他们都说没听过"天伦歌"这首歌。也难怪,这不是什么流行曲,该算是首"老"歌,如果不是那天晚上听到同谱不同字的半阕,我也不会提起了这首中学时代最爱听的歌。

　　人皆有父翳我独无,人皆有母翳我独无。白云悠悠,江水东流。小鸟归去,已无巢;儿欲归去,已无舟。何处觅源头。……人世间惨痛岂仅是失去爹娘。奋起呀! 孤儿,警醒吧迷途的羔羊。收拾痛苦的呻吟,献出你赤子心情,老吾老以及人之老,幼吾幼以及人之幼,……服务牺牲,……推己及人无薄厚。浩浩江水,霭霭白云,庄严宇宙亘古存,大同博爱,共享天伦。

以上就是黄自作曲，钟石根填词的《天伦歌》，抄下几乎全首词，为了表示我的铭感。

第一次听这首歌，是念初中三。那是个人生最朦胧，最不知所措的阶段。十四五岁，本来就最易兴起无名的哀愁，也最惧畏失群的孤寂，此际如果失去扶持，就会像遇溺者失去救生圈。救生圈的作用很微妙，不是它真的"救"了遇溺者，而是在遇溺者最需要扶持的时候，给他靠　靠，不至脚下一沉，失去继续求生的勇气。十四五岁，随时会遇溺的孩子，可能正在不同的角落浮沉，挣扎，他们得不得救，就要看成人世界有没有为他们抛下最适当的救生圈了。

救生圈，可能是一个人、一句话、一首歌、一本书、一套电影、一节电视剧。

在大人眼中心里，可能微不足道的一点点小事，都会是救生圈。十四五岁时，我能安全度过，实在该感谢当年的成人世界，为我准备了许多不同形式的救生圈——这首歌，也是其中一个。

一九八一年六月六日

故事

　　六十五岁的姊姊和六十六岁的表姊，坐在我家的客厅里，童年往事、远亲近邻的生老病死、几个家庭沧海桑田、男男女女的爱恨恩怨……女性高调嗓门，充满悲情无奈的语气，萦绕了整整四个钟头。

　　我坐在她们中间。

　　几十年没见的亲戚，谈几十年的人事，仿佛看一套套粤语长片，而当中，竟然有无数"我"的镜头。

　　在别人回忆里，一个完全陌生的"我"，从刚出生，到摇摇晃晃学步，到姊姊带着上小学一年级，到表姊教写阿拉伯数目字，又朦胧又清楚，都到眼前来。声音构成影像，虚实之间，断断续续，她们好像说着我的前生，又像说着别一个孩子成长的故事。

　　坐着听长辈聊天，谈旧闻往事的日子，对我这样年纪的人来说，稀有得很。她们撩拨了我沉寂已久的记忆系统，我努力搜索她们所说的前前后后，企图重构失落已久的生命。可是，话题跳闪得太急，闪乱了我的心神。

"你从小就爱逛街，一到街上你就不哭，父亲宠你，不准我做功课，要我背你上街。生骨大头菜！"

"你不会写阿拉伯数目八字，把两个圆圈连在一起算数，给老师罚写一百次，我好心细意教你，你边哭边写，写来写去都不像，蠢到死！……"

一切本来难以忍受的评语，此刻变成亲昵呼唤。蠢到死的生骨大头菜！刻画了一个无比幸福的童年肖像，这就是我吗？这就是我。

仿如别人的故事，还能听得几多回？

忽然，我心一阵绞痛。

一九九二年十二月二十一日

紧张

好天正良夜，人家在露天小摊旁吃得正兴奋，我忽然问："食食吓落雨点算？"这是我个性的最佳素描。

念中学的时代，我的绰号叫希治阁：在同学心里，不单指"紧张大师"，而是一句歇后语："吓死人有命赔。"

同事间也流传一个我的紧张事例：一次在沙田夜宴，两个热荤上过后，我打开手袋，拿出小钱包，再拿出一些零钱，邻座同事以为我要去洗手间，就说："里面没有服务员，不必带钱。"我一时接不上她说什么，"谁要去洗手间？零钱是等一会儿散席，坐完火车再转隧巴时用的。"从此，这件事成为笑柄。也有人好奇地刨根究底问：从吃翅到上隧巴这段时间内，我是不是死捻着零钱在手里不放？

紧张，是我家族的"传家宝"。严格来说，应该是传自母亲。也举一个印象深刻的例子说说。

一九四五年第二次世界大战结束后，和平了，香港人仍是生活艰难，父母维持一家几口生计真不容易。记忆中，母亲总是脸容愁苦。从她口中，我听到内战烽烟、甘地不抵抗主义……有一天，她买了一担白米回家，告诉我们说："要打仗了，恐怕第三次世界大战要来。记得日本仔打香港前，幸好我买了一担米，我们一家才捱得过沦陷后缺粮的艰难日子。米，好重要。"以后，我家里总有一担米储存着。一晃快五十年，母亲墓木垂拱，但第三次世界大战还没有来。假如母亲还在，她就平白紧张了五十年，而肯定，我家仍会存储一担白米。

童年，在天天逃空袭中度过，我不说："食食吓落炸弹点算？"已经表示我学晓放开愁怀，进步多了！

一九九三年七月一日

"玩具"

在战火、贫穷、匮乏时代度过的童年，没有什么值得炫耀的回忆。

且说说三件"玩具"，进学校之前，也就是说九岁之前，它们是我永不离弃的良伴。

玩具，怎么要用引号？因为它们不是玩具。

第一件：观蚁。蚂蚁的生命力真强，连人类的食粮都缺乏的环境，它们居然无处不在。家里没有什么东西足以惹蚁，可是黑蚁、黄丝蚁，总分成两派，整天在许多角落来回走动。骑楼栏杆上，正是它们必经之道。每天，我搬一张木凳子，趴在栏杆旁，细细观看它们的阵势。

黑蚁身形大，腰纤肚大，特别在吸了水分时，肚子胀得透明。它们走动得快，行列往往有点乱。黄丝蚁小巧淡定，列队前进，没有蚁会越队。观蚁，两种蚁各有吸引力，黑蚁看得人眼花，但多戏剧性变化，黄丝蚁团结整齐，容易分清领队和工蚁，却嫌队形保守，定睛看多了，会变成"斗鸡眼"。

它们整天忙着搬运，有时搬食物，有时搬白色的卵。食物，是我假设的，因为它们含着的小粒，我分不清是不是食物。它们最大动作是搬别的昆虫尸体，黑蚁一口咬住一只比它身体大几倍的蟑螂腿，飞快前跑，好像毫不吃力。几只蚁合力扛动小截蟑螂尸体，就偶有忙乱了。

它们太有秩序，不好看，我会很残忍……真的残忍，纯粹为了自己快乐，用手指捏死队中一只蚁，或者向它们泼水，阵脚一时大乱，我就等着看它们怎样在危难之后，重新整合。现在回想起来，那些给我捏死的蚁，真是死得不明不白，大概这叫天地不仁吧！

第二件：小药瓶。从前吃西药，药丸用窄颈胖身的玻璃小瓶盛着。我拥有两个这样的樽仔，他们是一对，孩童无知，没为他们分性别。我从纸盒中拿出来，把红色蓝色胶盖拔出，斜斜盖住瓶顶，从后面看，就是一对戴了红帽子蓝帽子、又胖又矮的小人。

每天，他们就是这样活起来。我用手指帮他们移动身体，我扮成不同的声音代他们说话，也跟我说话，讲些什么，现在当然记不起来。我歪着头，趴在桌子上，把视线移到与他们齐平,展开一天的对话。奇怪,这一对童年良伴,我竟没有给他们改个名字。

第三件:不该用件来做量词,它只存在我脑海里:并不实存的小人国。那时候,我没听过小人国故事,只是不知何故生出这个奇怪想头。家里没有人的时候多,孤单的孩子,藏坐在大藤椅里,凝视着空荡荡的大厅,地上就浮现了街道、房子、车子和行人。它每次出现都同一形格,绝不因为幻想而变化。我可以说得出每条街道两旁店铺的样子,也说得出每个行人的活动。我会让街上有些事情"发生",然后组成一个一个古仔——大概我又在自说自话了。这个想头,不会是大人引起的,因为唯一跟我讲故事的外祖母,只懂《水浒传》和《三国演义》。我很快乐,每一次居高临下,主宰着这个小城市。

我的童年,就在这三件不用钱买的"玩具"陪伴下,冉冉逝去。

回头看这幅童年画像,匮乏却又富饶,孤寂却又热闹,一切那么矛盾而温馨,是谁赐予的?我实在幸运,想来还是值得炫耀的。

(今天早上,新闻报道,一个家境富裕,拥有许多玩具的小孩子,因父母不在家,耐不住孤寂,跳楼自杀。

于是，我想到自己的幸运。）

一九九四年四月二十七至二十八日

我与娜拿的挣扎

一

都是娜拿惹的祸？还是我惹的祸？

累得我整整两个月，跟她一起给奇异莫名的"命运"操纵着，苦苦在不可预计——却在别人（？）的预计内碰壁寻索——也不知道自己寻索些什么。

够复杂了罢？还不够复杂，再说也说不清楚，除非你也在玩《盗墓者》——多周以来排名电子游戏流行榜前五名的游戏。

我和娜拿已经困在一个洞穴里两个星期了。两个月来，我们闯过一关又一关，经历了重重险阻:暗箭、飞斧、豺狼、大熊、恐龙……的袭击，在水底差点没顶——看着荧屏上存活氧气指标快速减弱，我发现自己憋住气，快窒息了。

由于过分惊慌，我指使她乱开枪，浪费了无数子弹。由于估计错误，我逼她乱跳乱撞——她碰壁时发出的呼痛声，我在梦中还隐约听见。由于我好大喜功，令她无端走了许多冤枉路。由于我贪婪，紧张得不放过任何角落的可疑物体：以为是救命的补给或者宝物。

多少次我望着高墙绝望。爬在悬崖上试图耸身一跳，又怕下面会出现不可预知的情况，又怕太高会跌死，又怕一旦跳下去回不了头。多少次我要她放慢脚步，一步一惊心地拐个弯，双手持枪准备随时跟突然现身的恶兽拼个死活。多少次我要她用不同姿势跳跃、翻斛斗、飞扑，只为想寻出一条生路。

在她不断喘息中，我停下按键的手指，也在喘息。我不知道她累不累——她永远在呼吸急速、胸膛起伏。我很累：控制键子的右手手指又麻又酸，双肩在长时间的紧张收紧下僵硬而痛楚，腰脊因坐得太久沉重下坠。

我们不只困在一个不知前途的死局里，最恐怖的是：我们失去时间观念，没有日子、没有白天黑夜、没有时分秒。漫漫长途，荧屏闪出的变化而又固定的色彩，我们算不准过了多少天、多少小时。

二

我一直以为：自己是娜拿的主宰，右手五只手指，飞快按在仅仅九个键上，她就得服从地左右前后挪移，慢行、翻腾、飞扑、蹲下、跳跑……加上在水中潜泳。当然，我的手指也正受着我脑袋的指挥。破解、应变、快慢反应，一切尽在我思维中。

有时，我会停下来，沉思下一步骤或对策，她就停定在那里干喘气，等待我的指令。有时，我会跟她开个玩笑，或有意为难。要她朝着墙壁飞扑，撞得她喔喔连声，或要她双手抓着崖边，悬空左右攀移——其实我早知道前无去路，她白费气力。节奏快慢、方向调校、姿态转变，尽在我一念之间。

可是，忽然有一天，我发现她竟有些自选动作，连常用的姿势也改了模样。最初，我以为自己几只手指运用的力度出错，多试两三次，她简直有点炫耀，显示我非主持大局的掌控者，我给愣住了。不过，通常她仍是个听令者。

直到有一次，我重复按键要她做同一个动作——逃避一只由右边冲出来的熊，她竟然并不听令，做了相反动作。另一次，我要她从瀑布纵身而下，她却不落入水池里，而是跌死在旁边的石地上，（关于她死而复生，下文我自会交代。）还有什么力量在指使她？

不，应该说还有什么力量在指使我。

这是一个很严重的，值得反省的问题。

对了，我和娜拿都是别人主宰着。

游戏的设计者必然阴阴地在某个地方笑着。他深明人的心理状态，在我寻不了出路，有点气馁的时候，适当给予刺激：让我们遇上一个救急箱、一大盒补充子弹、一把钥匙，令我们打点精神，再向前走。豺狼、熊人每次出现方向不同，几乎懂得捉迷藏。

前面的路，我和娜拿都不知道。

游戏一开始，他就在阴阴地主宰着我们。

一九九七年十一月五至六日

骨子

　　年纪相若的朋友聊天，一人忽说某某人真骨子。脑海突然一闪亮光，骨子？已经很久没用过、听过这个词汇了。座中人人明白含意，但怎样向新一代解说，就颇费思量。

　　这词早已消失，是典型广州用语，一般词典查不出来，只在饶秉才等编的《广州话方言词典》中找到，释义："精致、别致、雅致、玲珑。"老一辈广州人恐怕不会满意这解释，因为不够传神。粤曲有所谓骨子腔，又有用于形容西关大少小姐们的讲究生活情调。当然重点在精致，可是最要紧的是一种细致情操、雅致身段手势，甚至连食物的烹制手法，也可以用上骨子来形容。

　　如今世代，一般人讲求多快省，讲效率不讲精致，动作稍慢就会落后，粗豪才有时代感。太多层次，过多时间，都令人感到不耐烦。说起来，食物中虾饺、云吞的制作，最能反映不再骨子的变化。香港吃到的虾饺云吞，愈来愈巨型，要两三口才吃得完，皮不薄馅不细，完全没有细致风格。一食店经人手包细小云吞，再经师傅掌勺笊篱，过沸汤冷水，然后高汤上碗，层次分明。机制汉堡包千篇一律，粗豪爽快，大概难说什么骨子。

年轻一辈，行事姿态，更难骨子。偶见稍讲细致的，往往给人评为"姿整"，多含贬意。

时代毕竟不同，我辈也无法恋恋不舍逝去的风华，见过骨子，也该满意了。

二〇〇六年二月十六日

日本手布巾

友人送给我一块包袱巾，从奈良唐招提寺买来的仿古织文样，惹起我对日本手布巾一番忆念。

日文叫风吕敷的包袱巾，是旧式日人爱用来包东西，方便提着的手布，在胶袋流行前，街头多见，男女都用，十分环保。近年却少见了，帆布袋取代了它的位置，大概那两个扎实活结不易打，青年人懒为之。但日人仍爱用的是手布巾。

手布巾，多用纯棉织成，大约阔三十四厘米，对叠了就成十七厘米，长度约八十至九十厘米，形状像条长颈巾。上印的图案花款甚多，用途广泛，常见日本人扎在额前、搭在脖子上、大日头时盖在头上等等，拭汗、抹水、防晒。

有时也用作简单小包袱，或冬天作颈巾御寒。

三十多年前，我在京都大学人文科学研究所图书馆读书。古老建筑物没有空调，夏天三十八度高温，只靠几把风扇嘎嘎作响摇着。下午蒸焗苦热，昏昏然没几个人忍受得住。我就学管理员森先生，买了一条纯白手布巾，到洗手间去用冷水把巾湿透，缠绕在脖子上，立刻一阵清凉，一振精神。等不足十五分钟，手巾暖了，又跑去再弄湿，如是者不断做，冷巾伴我清醒度过整个炎夏。

这个降温妙法，我在夏天旅行时常用。与我去过旅行的朋友，一定见过我用冷水湿巾搭在脖子上，或遇水便湿巾抹面的动作。

那条伴我夏读的手布巾还在，但已变得微黄了。香港不流行手布巾，我到日本旅游，倒会选购一两条，并不用得着，只是一种忆念。近年手布巾花样繁多，漂染美丽，可是柔滑质地总不及那条价廉的纯棉白巾。也许，是那年那夏那地的感情漂染过，就柔纯了。

二〇〇九年六月十四日

想吃一颗糖

忽然，很想吃一颗牛奶糖。那不很容易吗？就是不容易，我竟有遍寻不获的失落。

那种牛奶糖叫什么名字，哪个地方出品，我都不知道。红蓝白的包裹纸，带点滑滑黏黏蜡质。

纸上好像印了几个英文字，小孩子不懂英文，也不计较许多，只记得一个圆铁罐装住，铁罐身上漆了一杯白白的牛奶。

这种外国糖果，不是随便吃得到，只有过年时候，家里才会买一罐，也不会全给我们吃，总有一大半拿去送人。母亲隔一两天，分给我一两颗，那时候心情实在难以形容——立刻全吃掉呢，还是先吃一颗，留下另一颗明天带回学校小息时才吃？通常，都会留一颗第二天吃，难得的东西，心爱的东西，总舍不得一下子吃光。

解开糖纸，把糖朝口里送就嗅到阵阵牛奶香味，柔柔滑滑的甜，像一定丝绸，温文地滑进喉头。

糖纸，得好好铺平折好，那是"财富"之一。别人都爱七彩闪光的巧力克包裹纸，我却独爱线条简单、红蓝白分明的蜡质纸。

我们会用十张糖纸结成一条席纹书签，别人的锡纸易破，只有蜡质纸最结实。把玩着与别不同的书签，怀想着牛奶的香甜，又满怀希望等待第二年的岁暮，那就是童年的滋味。

现在，我有足够的钱买三四罐牛奶糖，我有足够的自由一天吃上一二十颗，可是，那种糖却绝迹了。尽管有失落的感觉，但我仍觉得：这样也好，如此一来，保有的滋味是眷恋的永恒滋味，只有愈来愈甜美。

一旦真的买到那种糖，万一是它的味道改了，或是我的口味变了，都会破坏记忆中的完美。

我很想吃一颗牛奶糖，但就是现在找到了，还是不吃为妙。

一九八三年五月二十二日

吃蟹

其实，我并不十分喜欢吃蟹，但每年秋天，总盼望能吃上一两回。

我喜欢的，不是蟹的滋味，而是与谈得来的朋友，围在一席上，边谈边剥蟹的气氛。

吃蟹有吃蟹的手势，应该很随便、很潇洒，丰子恺先生写吃蟹，就叫人很神往，那真是吃蟹老手的风采。我当然没有见过丰先生吃蟹，他的弟子都看惯，而且学会了。那年我到上海，文彦兄嫂特地买了蟹，煮好带到旅馆来，说是请我吃蟹，实在是想向我"示范"丰氏嫡传的吃蟹手势。果然，谈笑间自有法度，特别是吃蟹爪部分，伶俐爽快，一折一拉，整条蟹肉就脱出来。

我，这个一年只吃一两趟的人，学了也没有练习机会，每一次吃蟹，总是拖泥带水，大把蟹肉蟹壳往嘴里送，结果，吃进肚子里的蟹肉并不多，连壳带肉吐出来的，倒有一小丘。还有，每一次吃蟹，毫不例外的，我总会给蟹壳刺破手指头，真是无话可说。

吃蟹，不能在外边什么酒楼饭馆吃，最理想在家里，招朋唤友——两个能吃酒也不妨事，但千万不要那些喝得穷凶极恶的，酒后胡言发疯，会煞风景。烹蟹煮酒，明天不用上班，有充裕时间，把聚会拖得长长，话题在不知不觉间，换了一个又一个，可谈风月，可笑看人间。通常，吃蟹时，我说话不多，笑笑听听，已经受用了。

听人家说，有人可以把吃蟹剩下来的壳砌回完整一只蟹的样子，表示自己吃得精巧。我倒觉得这太"严谨"，破坏吃蟹气氛，就像吃蟹时谈论国家大事一样煞风景。

近三四年，愈来愈想吃蟹，虽然，我不十分喜欢吃蟹。

一九九三年十月二十八日

想粥

真没想到，王蒙一篇《坚硬的稀粥》会惹出无数与粥有关的文章。

由南到北，从古到今，历史的、文学的、贵族的、穷家的，简直令人大开眼界。正如张洁在《潇洒稀粥》里说："一时间想粥、讲粥、骂粥、议粥、熬粥、学粥、报道粥、研究粥的强劲风，席卷了中国。"

那已经是一九九一年至一九九二年的劲风，热闹早已过去，王蒙官司也告打完，他有没有争得一个"说法"，恐怕不那么重要，其他由他而起的粥学，倒看得我津津有味。

《红楼梦》里的粥，属于高级享受，如此复杂"制作"，太麻烦，合不合我胃口，没试过，不晓得，反正不会试煮。许多北方作家不约而同，讲起南方——特别是广东粥的多姿丰味，张抗抗就一一数来，说"从未见过的丰富绚丽"。

我是广东人，自然明白鱼米之乡，吃粥并不是穷玩意。难忘儿时，母亲晨起煮粥，切新鲜鲩鱼片或黄砂猪肝，以不稠不稀白粥一滚，稍加葱花，香鲜之味，简直无与伦比。

书中提到南北粥类极多，没吃过，很想都能尝一尝。什么香粳米粥、小米粥、大碴子粥，不必加肉，据说已粥香四溢。只有甜粥，我提不起劲，因非正吃。

近年，香港流行新潮粥店，却不能满足真爱吃粥的人，无论多贵材料，粥底糊糊全是一统味精天下，毫无个性。大碗小碗，鱼肉牛肉，也不过味精作怪。吃粥，吃罢只落得喉干舌燥。

我想吃粥，宁在家里自己熬。冬菇草菇蘑菇切粒，另加粟米，熬好一锅粥，吃前加生菜丝发菜，海碗一盛，未吃先"醉"。

夜半读罢《粥文学集》，掩卷下床，淘米几把，下油盐少许，以备天明煮粥。

一九九四年十一月十八日

下午茶

下午茶，为什么我总惦念着喝下午茶的时光？

下午茶，对我来说，不是一种实质的饮食，而是一种忙碌工作后的安慰，一个忽然闪出的时空隙缝，几个谈得来甚至谈不来的熟朋友半生不熟朋友初见乍识的朋友、老学生甚至坐下来不习惯只瞪着茶杯发呆的新学生等等，在闲静幽雅的小咖啡店、人来人往大酒店附设的咖啡室，没有准备任何话题就坐下来，坐一两个钟头。最初可能有点凌乱，有一句没一句地闲聊，言不及义又何妨？慢慢就会弥漫着一股情味，懒散中带了凝静。

一杯上好红茶加纯滑忌廉奶油——我爱闻咖啡，不爱喝咖啡，因此对座有人喝咖啡，作嗅觉背景音乐最妙。一块厚而不腻的芝士蛋糕，那下午茶就极度丰盛。当然，没有也不成问题，一杯茶，几块饼干，摊坐在舒服适体的椅子上，偶然把目光移向窗外，看路人走过，听隔了一层的市声或鸟鸣，脑袋一无所求，这也算是并不理亏的下午茶。

七十年代正当火红的日子，有一个学生知道我爱下午茶，就来批判说："你是资产阶级。"我只问了她两句话："三行工友是什么阶级？""劳动工人阶级。""那么他们三点三饮下午茶，你怎么批？"她没话说。

自己努力工作，自己赚了点钱，用自己的钱安慰一下自己，并没有剥削别人，那有什么不对？也许，那真是小资产阶级的心态，因为只有城市人稍有余钱的人才能享受下午茶，我曾这样反省过。但当我到过福建、四川，看到小农家也在忙碌缝隙，摆开茶具，蹲在地上或安坐竹椅上聊天，我就明白，一个合理的民生，应该在苦干之后，仍可以不受干预地、适度地享受一下，那没有什么不对的。

一九九五年三月十七日

还是说下午茶

饮下午茶，我算是家学渊源。

母亲是个中国传统女性，可是，只有一个饮下午茶——必饮洋式下午茶的习惯，就很不中国式。

她很节俭，我们家境也不富裕，但一个月里，同朋友同父亲带着我去饮下午茶，总有两三次，而且都很讲究咖啡店的情调。

她同谈得来的朋友，多会去湾仔天乐里的"北极"。那是家老湾仔都记得的咖啡店，全店面积不大，以深蓝色为主调，缀以冰山及企鹅作墙饰。幽雅而宁静。同父亲多会去中环的"聪明人餐室"或香港大酒店地下的咖啡店，偶然也去思豪酒店，给我印象最深的还是香港大酒店。那儿有极大落地玻璃，白纱掩映，楼底极高，大梳化围着小玻璃茶几，对小孩子的我来说，一切都过分的大，只有小茶几太小。我坐在梳化上，只占三分之一位置，又永远脚不到地，离开小几又远，很不舒服。母亲喜欢要一壶热鲜奶，一壶红茶，混和来喝，不用酒店供应的伴茶牛奶。要一客公司三文治，那时候的公司三文治，叠着三块面包、各种配料，超过一吋厚。想想小孩子又要保持仪态，张大嘴巴来吃一口比嘴巴大的三文治的狼狈相，我理解我对那里印象深刻的原因了。

母亲去世后，父亲仍保留饮下午茶的习惯，但不再去香港大酒店或聪明人了，往往是逛到哪里就随便选一家咖啡店坐坐。如果在家，附近的太平馆、金城戏院旁的一家由上海人开的小咖啡店，都是他常去光顾的。父亲比母亲更宠我，小学六年级时，他已让我带同一群同学去饮下午茶，特别金城旁的小店，店主熟了，可以签单结账，父亲去的时候才付款。七毫子一杯奶茶，三毫子一瓶绿宝可乐、五毫子一客多士，一切丰俭由人，那是很遥远的饮下午茶日子。

一九九五年三月二十二日

零食（之一）

不知道在什么情况下，我留给旧学生一个爱吃零食的印象。旧学生大部分是指我教中学时的学生，他们来看望我，总带上一大堆零食。

统计一下，农历新年，我收到的零食：花生八斤、糖果饼食——不是拜年应酬式的例牌货，都是精美名牌，十多种，各式凉果、虾片、薯片——堆满储物柜，黄梅天气令我发愁，怕它们变坏了，十分可惜。

哎，说实话，我也的确爱吃零食，又是家学渊源。父亲爱吃花生、咸酸凉果。母亲去世后，没有人管束，父女俩晚饭后，坐在厅里，听收音机、放唱片，一个晚上可吃一斤花生、兴亚陈皮梅、加应子一大堆。父亲吃零食，很广东式，特别爱吃国民戏院门外一档：酸菜、酸沙梨、酸木瓜、酸姜荞头、酸油甘子、酸梨子。看戏前必然买一大袋，还未开映，已经吃光。

曾克耑老师也爱吃零食，过年时的全盒最多彩多姿，是北方式，瓜子种类多，枣沙糕，各式凉果，这叫杂拌儿。

现在，零食的种类跟从前很不一样。或者旧式零食有些早已"失传"，例如酸沙梨、酸木瓜。又或者制作方式用料改变，味道改得很怪，例如陈皮梅加应子，带着化学酸味，令人舌头发痛。什么虾条、薯片，油炸的多，味精一大把，没有什么个性，吃多会腻。

又也许，我的胃口改变了，心情改变了，只有回忆里的零食的滋味最堪记取，包括一个无所事事的漫长夏日午后，左邻右里在大厅闲扯的晚上。花生衣飘飘忽忽自人们指间散落，凉果纸沙沙揉作一团……

一九九五年三月二十六日

零食（之二）

我吃零食的习惯，是父亲嫡传一派。

母亲生活严肃而有条理，正餐外，偶然一顿下午茶：一杯热鲜奶咖啡一块三文治，其余不吃杂食。父亲却是个零食大王，晚饭刚吃过，就筹备宵夜，绿豆沙、红豆粥、白果腐竹鸡蛋糖水、杏仁茶、芝麻糊，天天一款。天寒地冻，忽然也会要我挽个锑煲去谭臣道大牌档买鱼蛋河粉加油菜。在宵夜之前，还会摊开花生、陈皮梅、加应子、福州榄等等，边看报纸边吃。这是正常状态！如果去环球、国民戏院看电影，门外小档口，摆卖的酸菜、酸萝卜、酸木瓜、酸沙梨、椰子夹酸姜，吃个不亦乐乎。冬天冷风呼呼，砂炒栗子、煨番薯拱在怀内进场，十分滋味。只有一样东西他从不吃，就是香气四溢的煨鱿鱼，原因不明。还有，父亲不爱吃糖，特别是洋式糖，也许舶来品太贵，只在过年，我才可以吃得到牛奶糖、瑞士糖、朱古力。

　　父亲去世后，因经济问题，我已无法满足地大吃。念中学时，只吃价钱较便宜的花生，过量了，终于患上胃病。当时许愿：他日赚了钱，一定买许多好零食，一玻璃瓶一玻璃瓶放满一屋。老朋友老学生，或许还会记得我放在客厅中的大瓶七彩朱古力豆和过年放在全盒内的杂拌儿。

　　到随手随时可买到零食的时候，我却不大能吃零食了。尽管心里仍念念那些滋味，不知道是舌头味觉起了变化，还是现在腌制的咸酸东西用太多化学品，吃起来，总觉苦涩难当，连糖的甜味，也叫舌头不好受。花生品种虽多，但欠真味，那死硬，牙齿更无法应付得来。

　　人生就是如此！

二〇〇八年二月二十三日

终于到了长白山

迟了五十多年，我终于到了长白山！

故事得先由母亲长病三年说起。母亲去世前，不知道患了个什么病，怕风怕光，羸弱不起卧床三年，中西医药用过，还是毫无起色。那三年，家里不能开窗，黑沉沉，一家人困在房子中，有点像《雷雨》的周家。我除了上学，就陪在床边，听母亲用细弱声音为我讲历史故事和世界大事。偶然要陪她出外看医生，必定担惊受怕，因为她不止一次在街上晕倒，对十二三岁的孩子来说，那恐惧经验永志难忘。有一回，张伯常中医师说要医好病，最好服用长白山人参。母亲说家穷，吃不起。这是我第一次听见长白山三个字。回家问母亲什么是长白山人参，母亲就详细告诉我许多白山黑水的故事，除了人参，还连带讲了日本侵略东北的事件。从那时起，我记住长大了要去长白山买人参给母亲治病。

三年后,母亲没吃人参,在玛丽医院动过手术便去世了。

尽管香港早可以买到长白山的上好人参,等到我不穷,有足够钱买,母亲已墓木垂拱,去长白山,成为我对母亲未完承诺的心结。

迟迟未去长白山,只因成团不易。最近长白山成为旅游热点,办团多了,可是自己体弱,怕上高山,熬不住,会连累他人,总有些犹疑。但想想今年再不去,恐怕以后更难上山了。

终于,我艰难踏上长白山的北坡、西坡、南坡。没见培植人参的场域。只在供游客购物的店中,看到"百草之王·万药之首"的人参。

没买人参,我到过长白山。

二○○八年十月二十五日

父爱

　　我笔下常见母亲影子，却少见父亲形象，朋友曾质疑我对父亲是否存偏见，或父女关系疏离。其实刚好相反。

　　最近在古剑编的散文集《父爱》中，读到汪曾祺写的《多年父子成兄弟》，才恍然大悟，父亲形象可以这样子。

　　母亲管教极严，行为必守分寸。父亲却调皮好玩，常被母亲说"冇厘正经，教坏子孙"。他爱编造故事，我听了也分不出真假。他带我逛西营盘，绘形绘声讲花街阿姑怎样倚栏招客，塘西花月痕，对他来说，是青年时代一番韵事。有一次他听母亲跟我讲桃园结义，到逛街时就告诉我另一故事：刘关张三人同是神用面粉揉成，放进焗炉里，由于疏懒，时间掌握不准，拿出来就变成黄红黑三色。父母亲爱看几份报纸，母亲注重国际新闻，他爱各式杂俎，要我代他剪存许多古怪东西。母亲教我记住梁山泊一百零八好汉名字，他却教我认得字花三十六个古人。可能他很想玩，不理我是个女孩子，总教我玩粗鲁玩意：舞狮头、打狮鼓、用铁玩具关刀方天戟打北派。故我懂啲啲两声敲鼓边起鼓，懂舞两下狮头。打北派基本起式是举刀，有一回父女对打，把吊灯罩打烂。

他随和，母亲去世后，让我召朋引类回家玩，我的同学也和他乱闹一通。我父女俩几乎包看了国民、环球戏院的所有电影，他带我走遍大街窄巷，我深信是他教晓我通识。他跟汪曾祺父亲最不同的是不关心我的学业，小学毕业，我问他该怎办？他一句话："自己决定啦。"父亲给了我另一种培养，到今天，我仍念念他的顽皮笑容。

二〇〇九年二月十五日

睇大戏

旧时香港，小市民最普遍娱乐是看粤语片与睇大戏。一般人回忆儿时睇大戏，多跟随母亲姨妈姑姐进戏院，我刚刚相反。母亲不喜粤剧，应该说她不喜看戏，只爱看书，更怕我看戏入迷，会心散，管得严，不准多看。父亲却是个戏迷，几乎逢戏必看，他宠我，每逢新班开演，总为我向母亲求情，准去看一次。

小孩子在大锣大鼓喧噪声中，只知大红大绿，个出个入，什么剧情，多不理会。有趣动作，易记口白，记住了回家与父亲玩起来，可是往往出乱子，惹了祸，累母亲生气。有一次在年宵市场买了铁关刀方天戟回家，父女二人就在骑楼对打，手起刀落，把玻璃灯盖打烂。另一次父亲教我挥鞭策马架式，跑起来一挥马鞭，便扫了暖水壶落地。我也习文，不一定打杀。父亲不在家，没了对手，我拿了他的唐装裤，把裤管分开倒套在双手作水袖，挥袂关目，似模似样。

　　看不懂的戏文，有时好奇问父亲，他的不正不经的答案，让母亲知道，总会骂他为老不尊。看《六国大封相》，有几个人头戴像字纸篓的帽子出场，揭起字纸篓高声喊"喁呵"，我问什么意思？父亲说即系无名无姓之人。公孙衍（那时候不知道坐车长须的叫这名字）为什么在台上来来去去不入场，父亲说因为苏秦封了相忘了给他利市。台上主角从椅子起来，站在后边的婢仆把椅子移开前，必提起椅子大力在地上顿一下，我问何故？父亲说要他们搬枱搬凳，故发脾气。这就是睇大戏时父亲对我的"教育"。幸好，我有个回家向母亲作汇报的习惯，靠母亲一一澄清，倒令我上宝贵一课，历史民俗尽在其中。

　　　　　　　　　　　　　二〇一〇年三月十三日

母亲的说法

从小，我就是从父母亲两种不同"教育"中成长。且看，母亲对睇大戏的问题，与父亲完全不同的说法。讲起《六国大封相》，母亲自然从春秋战国历史说起，"有名有姓的，出到台前必自报家门：孤家燕国文公……从政治地位上数，表现身份者都可报上名来。至于站边拉扯，烘托场面的小人物，又没表演做手功架机会，只好让他们高喊一声'喝呵'，大概与广东话做事不成气候者称'乜咁喝呵'同义。"六国大封相，主角不是苏秦，而是代表六国王前往颁旨授命的公孙衍。为什么他在台上来来去去不入场，原来"既让他坐车显尽腰腿功架与须功外，还表示古人相送时的礼仪，一再回头，目送客人远去，才正式离开。礼义周周，与等给利市毫无关系"，父亲分明以世俗观念联想出来，令我"中毒"。其实，直到今天，许多长辈还守着这礼仪，多次我去探望老前辈，临别时，他们都会站到门前相送，我也频频躬身说"请回"。日本人也守这礼，曾有法国漫画家讽笑日本人，道别鞠躬，直到远去，用望远镜瞧瞧对方仍在，大家继续鞠躬如也。至于戏台上挪椅凳前，一定提起用力顿一下，母亲说这是重要的提醒作用。人家站起来，不知道你会移开椅子，冷不提防再坐下去，就会坐个空，栽倒了，很危险，故习惯大力顿一下，好让人家注意。正因这教训，我代人移开椅子时，一定小声提醒。母亲还教导，若把易碎物件递到别人手上，放手前也应轻声说"我放手啦"，免得一时误会，大家同时放手，摔掉了，不知谁该负责。母亲的说法，对我来说，一生受用。

二〇一〇年三月十四日

五

书林撷叶

好几个晚上，拨开许多事不做，静静躲起来，专心看素叶。

春林里，叶子带了晨露，含孕着温煦晶亮的阳光。人说一花一世界，花太艳太玲珑；该说一叶一世界，叶子的脉像网，充满生命感，却不耀目。

书林里，撷叶，揭页，我看了四个世界。

一

西西《我城》。这是阿果的世界还是麦快乐的世界？是西西的"我城"还是你和我的"我城"？

这是片奇怪的叶子，看着看着，得细心找叶脉的纹路。最先可能会想想：十七扇门？漂亮糖？跟着，把看到的六幅相片，横起来直起来联想一下，当然也会想专心做门、尽责看门的阿北。然后向后看，就该想到那块草地。末了，我们就听到电话筒那边的声音，必须好好消化这些声音。——这是片新奇的叶子。

二

钟玲玲《我的灿烂》。这是片沾了露水的嫩叶，风一吹，有点不由自主，柔柔摇曳，无声淌下泪，分明哭了，但又没有哭，好不叫人心疼。

她说："那一种明净，算是今生我们曾经有过了。"真的，从"赶紧的做一件很正经的事"，却给捉到囚笼里去的时代，一直到"我的儿子怎样怎样"的日子，那都是一片明净。尽管她自己写道："以前是水，现在是石头。"但看罢这叶，就该明白，以前是水，现在是水，只为那明净仍在。

三

何福仁《龙的访问》。忽然想起，世上该有属于那株六丈高的树的叶子，凭着本干的沉厚，叶便有护荫的柔和。我很古老，坚持诗该温柔敦厚，这里就有。

四

淮远《鹦鹉千秋》。他说自己爱植一种羽状叶的黄槐，但这却整整是一撮生在仙人掌上的针状叶。本来，它为了适应生存才变成这个模样，但也会无意刺得人生痛。

一九七五年五月十二日

旧书肆

三月天气，京都偶然还飘着雪花。这个时候在街上蹓最好，不太冷，不戴帽子，让雪花洒到发上、眉毛上、脸上，那柔柔薄凉感觉，南方人恐怕不容易了解，雪原来并不冷不硬。我常爱带得满肩满襟雪，在入门前，站在檐下，顿顿足，拂拂肩襟，抖落片片如瓣的雪，蛮潇洒似的。

就是在一个这样天气的黄昏，我抖落肩襟上的雪后，踏进那家低陋的旧书肆去。低矮屋檐下，镶在木门上的玻璃，大概蒙尘日久，显得朦胧，别妄想站在外边可以看到店里一些底蕴来，当你的鼻子凑得太近玻璃时，呼出的气便把本来稍能看见的景象，也弄模糊了。门是要向左边推开的，得留心那高高的木门槛，我见过几个要进去的人绊倒。里面也是昏暗得像被烟熏过似的，窄窄的空间全堆了书。书架上中国、日本古书，看来很凌乱，但细看就知道还是很有秩序分了类的摆着。有些大套函册，都用绳子扎好，或用纸包住写上书名，毛笔字很刚劲，不像一般日本流行书法那样松散。壁上悬着个古老上链式的摆钟，全店就只有它发出嘀嗒嘀嗒响声，这叫人感到用力点移动一本书，或自己的呼吸，都会打扰了那种静穆空气。

也许，要走近店后端一点，才猛然发现古老火炉旁，有两叠大的榻榻米，一面摆着矮书几和凌乱书堆，一个清癯老人，穿着颜色深沉粗布和服，正跪坐在几前看书。该是书肆的老主人罢？他连头也不抬，仿佛在自己书斋用功，哪里像卖书的？这也好，互不相扰。随手翻检一下，都是买不得的书。在这样有风格的旧书肆里摆着的书，恐怕只有有学问、有钱的书痴才买得起，穷措大看看倒不妨事，不妄想占有，便不会痛苦。站了翻了好久，是上灯时分，老主人站起来亮了一盏昏黄的灯后，仍旧坐下来看书。我也该归去了。推开门，外边雪也止了，只是气温比前些时低，我回头看，那书肆的一灯昏黄，已在遥遥的后边。

一九七六年十二月二十五日

也谈鲁迅

让我也来凑个兴谈谈鲁迅。

最近一期《中国烹饪》里，刊了一篇文章，是从鲁迅的书信、日记中找出资料来证明鲁迅也懂饮食之道，例如懂得怎样炖火腿等等。文章目的大概想表示鲁迅伟大，从大事到小事无一不懂，懂得生活享受但并不讲究追求。但我以为，说鲁迅懂得批评食品的精劣，对某些人来说，比说鲁迅是个"斗士"，可能印象更深更好。

看别人文章写鲁迅怎样伟大，很难感动我，只有直接看鲁迅的书信、日记，才能真正使我对他肃然起敬。

最近看他给萧军萧红的五十三封信，我就很感动。他忙得很，但给后辈朋友复信之快和措词的亲切细心，简直像个闲来无事的人。他甚至在信里教萧军怎样到大马路屈臣氏大药房去买二元四角一瓶的痱子药水。他忙写稿赶翻译，身体又不好，但仍小心处理二萧寄给他的稿件，一一为他们分寄到不同的刊物去。他的经济情况并不好，"手头很窘，因为只有一点零星收入，数目较多的稿费，不是不付，就是支票"，但萧军向他借钱，十一天后，他就告诉萧军："今天有点收入，你所要之款，已放在书店里，希持附上之条，前去一取。"再看他对海婴给沸水烫伤的情急，看他温柔无奈的提及对待孩子的态度，就绝不怀疑"俯首甘为孺子牛"只是妄语了。

普通人不易了解伟大的人，特别是伟人的孤寂，斗士的坚忍。对普通人说伟人如何伟大，就是感动，也很"隔"。既然伟人也是血肉之躯，他们跟普通人一样有凡人的苦闷、爱欲、快乐。那么，就从他们的"平凡"处看，看他们怎样对待平凡的生活、问题，看他们的缺点，更能反映他们的"不凡"，也更能感动普通人。

一九八一年十一月六日

老照片

自从数码相机出现了，连手提电话也可随时拍照后，整个摄影生态都彻底改变。随时随地举机便可捕捉眼前人、景、物的一切姿态，几乎无可逃遁。

从前难得拍照，在镜头前总要一本正经，如官式照。另外还有印刷技术问题，及某些"政治"因素，往往令后世读者看来看去，都只有熟口熟面的老照片。

近年，老照片纷纷刊行，许多文化名人展示了"新"姿，陆小曼、林徽因、邵洵美、卞之琳、张兆和姊妹……秀丽俊俏，真非凡品。

鲁迅，二三十年代已是著名作家，可是照片总是那十来张。我曾怀疑鲁迅会不会笑，因为从未见过他的笑容照片。读萧红的文章，透露了鲁迅也会开玩笑，再看《两地书》的原信，鲁迅在信末署名"小白象"，有时还画上一只长鼻象，尽管那是情侣蜜语，非公开面貌，但能如此温柔的人，总不成不会笑。最近看到一则消息，鲁迅的儿子周海婴、孙子周令飞带同鲁迅照片来港展览，据说其中就有鲁迅的笑容照。又据小道消息云：那些照片一直存在，只是"官式"的鲁迅是斗士，是青年导师，必须保持"横眉冷对"的样子，笑，就破坏形象。不知何人有此指示和规定？鲁迅不自由到这个地步，他泉下有知，是否该写匕首投枪式文章，以示抗争？

很快就会看到那些老照片，鲁迅笑！多吸引。

二〇〇六年八月四日

一卷情谊

看黄裳的一篇文章，看到一个很沧桑又很温暖的人间故事，惘然情味，萦绕心间，久久不散。

这是三个朋友和一幅书法长卷的故事。……

三十年前，黄裳托靳以写信给远方的张充和，请他写几个字留作纪念，那是一九四九年四月的事。

十月之后，一切变化太大，远在外地的人因为种种原因，字没有写成。一晃三十年过去，风风雨雨，说是一场春梦，不见得了无痕迹；说是一场噩梦，又怕过于伤情。靳以早就死去，黄裳大概也忘记了这件小事，只有张充和怀住靳以的信和一个未了的愿，就这样度过三十年。

一九八一年夏天，黄裳收到由卞之琳转寄来一幅长卷，写的是陶渊明《归去来辞》，同时还付来张充和的短信："奉上拙书一幅，想来你已忘记此事。靳以一九四九年的信尚在，非了此愿不可。……并请你书赐一幅，作为纪念。但不要等三十年后就好。……"

人生有多少个三十年？又有多少人能以三十年之约未了为念？更有多少人等得到三十年后的践约者来临？

一幅字，并不那么重要，可是，三十年变幻不常之后，它仍能到达黄裳手中，那就含着非凡的意义了。

面对急剧的世事变化，人不自觉地从无奈中学会了淡然，对人对事已失去"托以终身"的承诺，疏离、凉薄、浮浅，成了现代人的代名词。一幅字，蕴着人类的光辉：情谊与信义，它不来自遥远的索求，而是，来自人的内心。

一个承诺，就守它一生一世，三十年也不算什么一回事，这是人值得骄傲的事。

一幅长卷，不是文人的酬酢，而是一卷珍贵的人间情谊。

一九八二年十月二十五日

杏花春雨江南

从没有见过杏花。

受宠于中国诗人的许多花，如梅菊桃李，我都见过，就是没见过这开于梅后，却仍可独占春光的杏花。

"墙头丹杏雨余花"，又说杏花春雨，我想，那该是一种不怕雨的花，而带雨后，自当另有可人姿态。

只是，为什么，它总在墙头？

尽管杏林是个很好的典故，但惹得诗人心神俱醉的，却是"一枝红杏出墙来"。

据说这蔷薇科乔木花开五瓣，究竟有多大，很难猜想。

读到"不如桃杏，犹解嫁东风"，就禁不住仿佛看到：一朵顾盼自豪的杏花。绝不像自怜自怨的残梅，在暖风中盈盈粉泪。

* * *

"残寒消尽，疏雨过，清明后，花径款余红，风沼萦新皱。"这样子的春雨，点染了一幅怡人的美景。但抬头看看窗外天色，伸展一下由过重水气带来的倦体，就不免怀疑词人的感觉。"薄雨收寒"，寒是收了，但镇日厌厌的微雨，天地间萦绕着一股郁闷，万物都黏黏缠缠的，好不叫人生烦。

细心想想，都怪自己粗心，忽略了"疏雨过"这三字。疏雨中，一切变得朦胧，只有过后，云淡风轻，就显得如琉璃般澄明。

* * *

我曾打江南路走过。撑一把伞访了瘦西湖，在平山堂前喝一盅茶，看檐前雨不绝地打在阶前青石上。

雨过后，收起伞，又去访金山寺，不见法海和尚的威严，只见一个老禅师沉默守住阴冷石洞。

我还到过莫愁湖，也到过寒山寺……曾到江南，但检点起来，我竟无法细说，这种情怀，谁能领略？

一九八三年三月二十八日

许墓

清明前后，总下着雨，把本来准备做的一件事拖延了，心里很不安。

许地山先生在一九四一年八月四日逝世，葬在薄扶林道华人基督教坟场，四十多年来，不见什么人提起要去扫墓。年前受远在南京的许太太所托，叫我去看看墓地是不是还完整，碑石有没有破损。

按照信里写的墓地编号，找了许久，才看到那块大青石碑，碑上刻了生卒年和立碑子女名字外，中央刻着："香港大学教授许公地山之墓"十二个大字。

推想从前一定漆上金油的，但年代久远，风雨侵凌，都全褪色了，字体跟石块的颜色差不多，已经看不大清楚。

那天天气晴朗，但整座墓碑仍显得阴暗荒凉，比没有重修前的蔡元培先生的墓更荒凉。

站在那儿好久，不见在山头为人打扫墓地的人，连给些钱委托人上点漆油也不成，只好暗自许诺，下次来，带罐金漆带枝毛笔，为褪色的字补上颜色。

平常日子，我不敢到坟场去——不是怕鬼，而是怕治安不好，清明重阳，人多上坟，才安心去。

怎料，不是事忙就是天气关系，一拖再拖，直到现在，还没有做妥。

人死了，原不必执著一块石碑和几根枯骨。火化后，骨灰散落五湖四海，或者供故乡一株无名树木作肥料都好，落得干净而不留给后人牵挂。

只是从前不流行这样做法，传统想法是入土为安，竖一块碑，标志着躺在那儿的人曾走过多少路。

任它荒凉颓败，看了令人极不安心。

许先生为香港新文学做过不少工作，最后埋骨异地，子女又远在国内，他的墓地，总该有人关心一下才对。

一九八三年四月二十四日

昨夜

关上电视机，不自觉叹了一口气，窗外夜色朦胧，无数人家的灯光已亮，究竟多少亮光里，正发生《昨夜无风》的故事？

小夫妻争吵，不为柴米油盐，吵的是什么？个人位置、彼此感情、对方的不体谅……他们吵得一波复一波，旁人难分谁对谁错。

偶然一天风浪，才衬映得出波静縠纹平的好日子，但年年日日的惊涛拍岸，坚硬如岩，也逢浪淘尽的悲哀。是不是只有相依得紧的海与山，才会如此相磨？是不是只有深深爱过的人，才会如此刺痛对方？

不再是盲婚的年代，无论在公开或私下，两个人说：我愿意，就表示了一种伟大的承担。过于轻易分手，看似保障人权，维护自由，其实都是自私的借口，结果只弄得更多人失去人权失去自由——假如有了孩子，就无端要他们吞下这些苦果了，谁为他们争取享受天伦的权利和自由？人世间情爱事，或悲或欢，千古难免，才写下许多令人读之恻然的故事。

但这些故事，一旦落在现实生活里，就不止于恻然，有血有肉，浪漫不得。

年轻是写诗的季节，轻扬风浪，显出挥霍得起的潇洒，偶尔悲戚，也当是壮士断臂的豪情。

毕竟，写诗的时光不多，以后的日子，怎样如泊岸的船，如归根的树，对某种人来说，的确是艰难的课题。为了曾经深爱过的人，为了不再年轻，也许无奈，但那是一条必经的路。

容我这个无关痛痒的旁人多言了。

今夜，在此默祝我认识的不认识的人，为他们曾经爱过的对方，都肯放下点点私心层层骄傲。昨夜已逝，我愿看到无数一生一世许诺的温馨故事。

一九八四年三月十八日

附记：《昨夜无风》是钟玲玲编的电视剧。

说情——陈之藩《一星如月》读后

"罗素上千页的数学原理成百的定理不是由六十年代的电脑五分钟就解决了吗？可是罗素的散文，还是清澈如水，在人类迷惑的丛林的一角，闪着一片幽光。"

对文学有信心的人，应该感谢陈之藩先生这段话。对文学没有信心的人，应该由这段话得到启发。

不爱文学的人，看了这段话，也该从头想想，是不是可以在心里给文学留一席位。

面对许多沉醉科学的人，有时我禁不住难过，因为他们不知道是有意还是无意，很强调自己的理性，夸耀自己所学的实用，每每把感性的表现，例如文学，视为无用。我难过不是因他们视文学为无用，而是因为他们竟然忽略了人之所以珍贵的特点：有情也有理。

只有情理交融，才能闪着一片幽光，才会使人类在迷惑中，有清澈澄明的远视。

通过传记，我们看到许多成功的科学家，情深的一面，也读到他们在学术论文以外的文学作品，就该明白，他们绝不是科学怪人。他们的人生，是丰富的，因为他们并没有把自己摒于情之外。

现代，科学膨胀得厉害，我们也感谢科学带来的一切益处，但科学并不等于一切。真正的科学家必能理解这点，可惜，世上太多人不是真正的科学家，他们一知半解地把理和情强行割裂，标榜自己对科学的热爱，蔑视世上一切与科学无关的东西。这种态度，对谁都没有好处。

我说这些话，可能有人会认为是学文科的偏见，但，假如，一个世界著名的电工学者，也强调"情"的重要性，那该足够说服力了罢？幸而，我们有这样的一个人——陈之藩先生。

"人的内心生活如此重要，科学却插不进手来。人的生活明明是时时刻刻在价值的取舍上要作种种的决定，科技对这种决定却偏偏帮不上忙。"

"用计算机可把莎士比亚的句法排列与比较，但计算机写不出哈姆雷特来；用计算机可以把梵高的笔法解析，但计算机却画不出《星夜》；用计算机可以模仿贝多芬，但却创作不出《园田》来。"

还是忍不住手，抄了两段陈之藩先生的文字。每当看到小学生也懂得运用计算机（香港人叫电脑），我就很羡慕——他们可以弹指之间，把很难处理，很复杂的资料，分门别类，从心所欲显示出来。但一旦想到他们这一代将会跟这些精密机械打交道，甚至成为不可离弃的对象时，我不禁细细思索，他们的内心世界会是怎样的？他们如何学习处理自己的感情？他们怎样对突变——未及输入的资料，产生及时而合情理的应变能力？他们对没有数据、不可作实验的东西——形而上的，怎懂得衡量判断？这些都是科技不会也不能负的责任，科学发达到今天的地步，似乎应该有智者在这些缺口下些功夫，否则一个比什么核爆还要危险的人类崩离局面，必然出现。

　　有时，会遇上有些人，理直气壮地问："文学，艺术有什么用？"我就会无言，绝不是因为理屈，而是对这类人，心里只有一块大石头——实利，已了无空间可以容下令人性变得优美雍容的东西的人，不是三言两语可以把石头凿开。没有莎士比亚的戏剧、梵高的画、贝多芬的音乐，他们还会活下去，但可怜的是：终其一生，他不知道自己欠缺了许多，果真如此，人类就会走上干枯的绝路了。

　　　　　　　　　　　　　　　　一九八五年八月二十九日

染血的水袖

你以为一幅染血的水袖会有个什么样子的故事呢？

不必猜了，以你那么正常的心志，铁定猜不出来，反正，下面就是我要告诉你的故事。

我生于舞台，我的一挥一敛，往往掀动许多人的心灵，喜、怒、哀、乐尽在其中了。这一点，惯看中国古老戏的人，当然知道。至于染血，也是极其常见的"工作"。舞台上，总有受苦受刑的角色，或者悲病交缠吐一口鲜血、唱出哀歌的人物，那时刻，我就得染血。对于染血，我并不在乎，幕下人散以后，必然给脱下来洗净，静静躺着等第二次登场。

可是，这一次，我很在乎。其实我早以为自己看透了人生，在那舞台上，还有什么人生情节我没看过？我常常暗自嘲笑那些好像看惯了秋月春风的老渔樵，一派看透世情的闲散样子，躲在深山，躺在水湄，同话旧繁华，怎似得我天天在灯火辉煌里，分秒不懈地扮演人生，却又可以一切"袖手旁观"？人性，也不外如此！这是我看透了人生后得到的结论。日子久了，我更显得一切不在乎。可是，这一次，遭遇实在太离奇，直到今天，我还想不通，为什么古往今来的人生情节里，就只有这一节，我从来没扮演过？不过，我不在乎，并不在这一点上。事后，我并没有给洗净，而从此，我也结束了舞台生涯。如果你以为我就是在乎这些，你就错了。不再在舞台上亮相，有什么好介意的？经过这场不合情理的故事。有时，**我也分不清楚**，自己是不是已经过于伤痛，还是过于意料之外，竟然对这件事，没法子下一个合理的定论。最重要的，我在乎这次的血——真真正正流自活生生的人，而我曾经与这个人血肉相连。

你不要急，故事发生在一九六六年八月二十三日。不在舞台上，地点在北京成贤街的孔庙。我并不能向你描述这块地方的来龙去脉，只因我从没到过这儿，不过，肯定这是个疯狂院。我和数以百计的绣凤叠彩的昂贵戏装，给扔在空地上，据说代表旧而腐朽的势力，得放一把火，由地球上尽早地消灭。虽然，我不明白这是什么一回事，大概是一出新戏，但我却意味到一种不寻常的空气。我们并不穿戴在角儿身上，他们还他们的，穿了普通衣服。而最奇特是观众居然跑上前来，拷打挂着大牌子的演员，揪他们的头发。青年学生眼喷怒火、声嘶指骂，这种行动，绝不是演剧程式，我快被这越轨的、不合剧情的动作吓呆了。突然，我给人用力一扯，胡乱缠在一个人的头上。来不及看究竟这是什么样子的人，我已经被他头额涌出来的鲜血染得黏黏湿湿，带金属的腥味，冲得我昏昏然，人血！青年们并没有因他流血而停了近乎狂虐的拷打。可是，这个人，这个老人，慢慢抬起头来，"眼睛在眼镜后面闪着异样的光，这是一股叫人看了由心眼儿里发冷的光。他的脸煞白，只有这目光是烈性的，勇敢和坚决的，把他的一腔极度悲苦表达得清清楚楚。由一个最有人情味的温文尔雅的中国文人的眼睛里闪出了这直勾勾的呆板的目光，善良的人们全都害怕了。"①他使足了最后微弱的力量，把挂在身上的牌子愤然朝地下扔去，但立刻他就给团团人潮吞没了。我被涌出来的血浸得迷迷糊糊，依然力图思索，这个受着残酷折磨的老人，究竟犯了什么过错。

皮带、拳头、皮靴、口号、唾沫交加当中，他的目光仍然使我深深相信他是善良正直的，那么，错的是谁呢？

一层一层血块把我黏叠得硬梆梆的，以后发生的事，我已不大清楚了。直到给温水一点点渗进来，凝住的血块渐渐泡软，我才醒过来。该是夜深时分了罢？"庆春，这……这是什么一个世界？……您，您痛……我……"坐在床沿上的女人，一边用棉花团沾着热水一点一点把血块泡着，一边断续说着不成句子的话。她试图把我解下来，外边几层还能勉强分离了，但拉到贴肉的部分，我原来早已深深陷在那老人的伤口里，与人肉人血缠在一起的感觉，使我恶心，而这一扯动，我竟然感到老人肉体的痛楚。他微微移动了一下，"您别哭……日子总会过去的，我，我也许看不见了，但，我相信。……人民是理解我的，我……我没做过任何对不住人民、国家的事。……您，您好好照顾自己……"女人的手显然不听使唤了，抖得没法把棉花团放准地方。……

孤灯一盏，两个人那极低沉的声音，使时间空气都凝固了。这对夫妻的面容，在昏黄灯影中，渐渐模糊。

这是一个漫长的夜，我并不知道天明以后的事。而我，这块染血的水袖，没有人把血迹洗得净，永远，变成一块带着暗红铁锈色的破布。

人们提起那老人，就会记起我那最后一次登场。

活生生人血的滋味，老人悲苦的眼神，都是我在乎的，究竟这是谁人编造的一出戏？唉！我怎会知道呢？而那老

251

人，后来又怎样呢？能告诉我吗？②

一九八五年十月二十五日

---

① 原文引自舒乙写的《父亲最后的两天》一文。

② 告诉你，一九六六年八月二十五日，有人在太平湖中发现了老人的尸体。

他叫做老舍。

不是陆离的原意

"明知亿万年以来，许许多多不同形貌、不同性格的猫儿，都曾经从无到有，从有到无。然而在这个特定的时空里，随缘偶遇的大猫小猫，在某个不设防的时刻，依然可以令一个爱猫者——六神无主，心如刀割，这份莫名的心债，究竟源自什么地方？"以上是陆离在《倒数日历》猫之页里的一段话，看得我怦然心动！

自从二十年前，我的一只猫离开我后，就不再提这种令人伤心的东西了，现在，也不是要说猫。而是，也想问这份莫名的心债，源自什么地方。

六神无主，心如刀割！两句烂熟成语，却万分确切的描绘了承担这份心债者的痛楚与哀伤。假如，你尝试过把全副心神，毫无怀疑的托在一样东西上——可以是猫，可以是人，可以是……那种托，是托以终身的托付，像前生注定的托付，但有一天，这种东西，突然改变了，或者不再属于自己，你当下就变得无主了，那种要浮也不是，要沉也不是的感觉，实在要命。当然，它并不是真的要了你命，除非你自杀，它就是要你活着受罪——受心如刀割的刑罚。你清醒的时候，会奇怪自己为什么要受这样的罪和罚，甚至一下子下定决心，就忘掉它吧！那东西跟我有什么关系？诗人不是说过：挥一挥衣袖吗？问题竟不是那么简单，因为连你正想再挥一挥衣袖时，你的心已如刀割。

这份莫名心债，源自何处？还要考虑么？

你一定清楚。

知道了，请勿喧哗，也不必告诉我，有一句话，爆出来就是祸！

以上当然不是陆离的原意，只是我看后怦然心动的联想。

一九八七年二月二十四日

赤都云影

万里奇游，饥寒之国

闻说道"胡天八月雪"，

可也只萧萧秋意，依依寒色；

只有那赤都云影，掩没了我"东方月"。

一九二一年九月，那个"东方稚儿"瞿秋白迢迢地到了饿乡之都莫斯科。朝圣的心情，在灰寒生活中冻结，凝成一身的病，伤怀感慨写下几首《东方月》，再写下：

"在莫斯科物质生活太困苦，还不如归去，或者有可为……"

* * *

一九八七年八月，我从莫斯科机场乘旅游汽车到达离红场不远的市中心，已经是晚上八点多钟。通衢上，巨大得不可言喻的宏然建筑物在灿然的阳光中，厚重而沉默。清寒的风，阵阵袭人，我披上毛衣，站在街头看风景。

没有八月雪，没有东方月，我说:不必再想瞿秋白的《赤都心史》了，毕竟，相距六十年，好一段悠长光景!

旅馆外貌也如其他建筑物的一式宏大，只是玻璃窗口多，遂少了石材式的稳重。有人对里面的设备不满意，但"桌椅床铺电灯都很完全。……也可见资本主义给社会主义打得一好基础呵!"那不是我的话，是瞿秋白的声音。我满意的试打开一扇窗，外边还有一扇窗。八点多钟的街景仍然光亮，一阵冷风吹进来，我说不如上街去走走。

* * *

高尔基大街，是条极其笔直宽宏的大街。

晚上八点多钟的太阳，发散着完全没有热力，却色灿如金的亮光，照射得不远处的红场、圣巴斯大教堂有点像童话般的不真实。

古雅而庞大的莫斯科酒店、国际酒店，大门却出奇的不大，玻璃门紧紧关上，透过玻璃门，总看见沉沉实实站着一两个高大的看门人:"进入本酒店住客，请出示证件"，确保了里面和外边，截然分界。

大街上，苏联人匆匆忙忙走着，也有人拿着大块大块冰琪淋边走边吃。平静而平凡的社会人生活，红场、博物馆……以外，该细看的，就是这些。

* * *

大街上，穿薄大衣的、夹衣的、夏天单衫的普普通通苏联人排成一条条长队，在过日常生活必备的程式：排队购物——先排队选定可能买到的货物，再排队去付款，再排队去取货。

一个衣着光鲜的男人，正打开公事箱，十分慎重地把买来的、却完全皱了皮的小番茄，一个又一个的往箱子里排好。他抬起头来看到我，我深深为自己的失仪注视而抱歉，但我仍不舍的看着他的番茄和他那慎重的手势。

我忽然想到了黑面包，几天来，没有见过黑面包。

"粗看虽只见黑面包一极具体的事实，而意味深长，要了解它须费无限的心灵之努力——反不如社会主义深奥理论的书籍容易呵。"

瞿秋白第一次吃到黑面包时——那种"其苦其酸，泥草臭味，中国人没有一人尝过的、也没有一人能想象的"

黑面包，他如此说。当然，他还说了有钱却没东西可买的故事。忘掉它吧！那已经是六十年前的事情了，我告诉自己。

* * *

快要睡觉的时候，有人叩门。门一开，酒店里看守我们住房那一层楼的高大苏联女人，带一脸奇怪笑意，蹑足状走进来，还想把门关上。我吃了一惊，以为有"查房"一回事，但并不，她讲了许多话，我听不懂。动作，毕竟是人类共同的语言，我终于明白：她要化妆品、衣服。她努力用拇指和其他两只手指搓捏几下，重复说了一个我懂得的字：卢布、卢布。表示她可给我卢布。我摇摇头，把门打开，她只好走了。

我不会忘记，朋友兴高采烈说如何在莫斯科卖东西，换来许多卢布的经过。同团也有人用一个塑胶水壶换得十块卢布的遭遇。就在这酒店里，老年门房把行李送上来后，不肯走，说着英文单字："纪念品、纪念品、香烟、香烟……"和他那一脸渴求的神情。

"一辆车停住在我们车窗前面，就有几个兵向我们车窗里做手势要香烟吃……车手上车来道别，回赤塔去，要几支烟。他说：可怕可怕……生活真难呵！……"瞿秋白写下这些片段时心情如何，我不知道。但当我关上房门后，却久久不能适怀。

＊ ＊ ＊

当然，到莫斯科去的旅客，不能不去参观"苏联经济科技展览馆"。女导游员斩钉截铁充满自信、民族骄傲的语调令我们一团人十分服从的追随着她，在宇宙太空馆里一步一步的走，第一个人造卫星、第一艘太空船、第一个宇航员、第一次成功太空会合、第一次打破人类逗留的时间纪录、如何解救了美国太空人的困境，我们的太空人如何如何……在苏联，我从未听见那么清楚的、响亮的解说，我完全信服馆内一切陈列的成就，馆内尽处穹型大厅壁上，悬着巨幅加加林的照片——那第一个在太空里回望地球的人，年轻的微笑，胸前有一只展翅的和平鸽子，他是许多苏联人节衣缩食赢得来的光荣象征。

微笑、年轻。前一天，在街上，我看见过。一间鞋店的半开门前，塞满了人——并不排队，我看见一个青年人，奋力从人堆中冲出来，拿着一双皮鞋，就站在路边细看，微笑。原来，那是一双廉价的处理货式皮鞋。

晚上九点多钟，从剧院走出来，心里惯性以为那已是黑夜了。但，忽然，我像跌进迷离境界。长街出奇的寂静，我清清楚楚看见所有的景物，泛着灰沉沉的光，不是阳光，不是灯光，不是月光，像一个垂死的人阴沉面色。那种阴沉，叫我想起肖洛霍夫的《静静的顿河》、陀斯妥耶夫斯基的《罪与罚》。天地竟有这样冷酷而叫人惊慌的颜色！这就是白夜！

在白夜的街头，我看见一个穿大衣的身影，踯躅地冉冉没于远处。瞿秋白常常用上的四个字"寒气浸浸"，此刻，我竟然完全体味得到了。

* * *

莫斯科公园、广场、大街，竖着巨大、庄严的人像，他们的名字，都是热爱文学的人所熟悉的：普希金、果戈里、高尔基、托尔斯泰、屠格涅夫、法捷耶夫、陀斯妥耶夫斯基……我有时从车上，匆匆一瞥的遥望，有时来到他们脚下，抬头细看，想起他们笔下的人物，想起他们凝重的慨叹。这个民族，出了那么多伟大的作家，他们走过一条怎样的道路呢？

一座一座作家雕像，有些昂首望着远方，有些低首思索，宛如一个个民族灵魂的宣泄口，但我所知却如此稀少，而我回来后，记起的竟只有那阴沉的白夜，和街上长长的买物队伍。

也许，六十年过去，瞿秋白的话已过时，但我仍想抄下他一段话，以作本文结尾："来俄之前，往往想：俄罗斯现在是共产主义的实验室，仿佛是他们布尔塞维克的化学家，依着社会主义理论的公式，用俄罗斯民族的元素，在苏维埃的玻璃管里，颠之倒之试验两下，就即刻可以显出社会主义的化合物。西伯利亚旅行的教训，才使人知道大谬不然。"

一九八七年十月九日

细读

在《八方》第十辑里，读到沈从文先生评改《边城》电影文学剧本，深深感动。前辈光华风范，就在那一评一改中表露无遗。我们有幸，在无奈的停笔几十年后，在他离开世界之前，沈老为我们留下这一评改，让我们明白，创作，该是如何用情的一件事，该是如何认真的一件事。

这一评改，充满了一种缠绵的乡土之情，也体现了作家对待中国文字的一丝不苟态度。我想：只要细心研读，无论是文学爱好者、地理爱好者、民俗爱好者、语文教师……都必有所得。看了这评改，才知道更多的湘西风貌，更多《边城》的细节，也更了解一个作家的观察力和心思。最重要的，我们感受到一个中国人对乡土依恋的情怀。故乡的一草一木、风声雨影、人歌犬吠，六十年来还在作家的心底保留得清清楚楚。我们真该庆幸，中国现代文学，有这么好的一个作家。

从《沈从文致王渝书》里，沈老谈到作家的培养，说："总是得从工作实践中，去做十年八年的辛苦探索，甚至于得从成功和失败两方面讨经验，才能逐渐使工作稳固。应当在各种天然风晴雨雪生活里去明白人、理解事，并从千百种不同作品中得到启发，也从自己千百次实习中明白得失，出过大量成熟作品后，才会得到真正扎实有用的经验。也有人出过十本八本书后，还是不会有结果，终于受淘汰的。"我认为这段路，不只作家，就是一般人，也值得深思，看看能否从中得到启发。

中国曾经有过像沈从文那么好的作家，可是，中国又冷待了他几十年，我真不知道将来文学史家该如何向中国人交代？沈老逝去，却会长存，人为的乖误，无法掩盖优秀作家的光华。

细读评改，作为我对沈老的致敬！

一九八八年十一月四日

再说评改

改编《边城》为电影剧本的姚云、李隽培真有幸，难得遇上一位细心在意的好老师——沈从文先生为他们逐句评改。只要好好琢磨，这一评一改，就包含了无限学问绝技，容许夸张点说，创作高手真传秘笈，也就是如此了。

评改可分成三部分，一是作家对生活层面的常识，例如剧本写"虎耳草在晨风里摆着"，作家就评："不宜这么说。虎耳草紧贴石隙间和苔藓一道生长，不管什么大风也不会动的。"剧本许多处说到狗，大概编剧者有点想当然，总不忘加上几声汪汪地吠叫，可是作家就很小心指出，没人走过狗不会叫，乡下的狗离开了家就十分老实。编剧写端午节下着毛毛雨，作家评说："端午节不会下毛毛雨，落毛毛雨一般是三月里。"编剧写人物手中火把将影子长长投在大石上，作家评说："这似不必要，因为本人手中的火把不可能把本人影子拉得多长。"还有许多细节描写不合乡间实情的，作家都一一给他修正了。这就是真真切切的生活体验和观察，尽管编剧的文字写得多美，却不是湘西风貌，骗骗外头人还可以，在湘西人眼中，就不是那一回事。

另一评改部分是形容词的准确性和运用词句与全文格调是否配合。例如剧本写"灯光爬上二老满是雨水惨白的脸。"作家评："形容词缺少应有的准确性，就给人不真实感。"剧本写"后影看去，苗条得像一根笋子"，作家改"长得像一根抽条的春笋。"评"应避这么无效果的形容。"剧本写"依然没有翠翠的倩影。"作家评改："改影子，评：俗气了。"剧本写天保大老见了翠翠，"有点神魂颠倒。"作家评"添上去不伦不类。"掌握文字要准确，许多描写看似信手拈来，但作家实在下了功夫，把心中要写的形象，准确传递给读者。"倩影"和"影子"表面看来没多大分别，但放在山纯水朴的《边城》里，"倩影"就是俗了。而大老眼神显出"神魂颠倒"，就太像浪子，真的不伦不类。

评改第三部分，文字修辞的正确要求。这一部分，作家只是改了，却没有说明改的原因，大概认为那是写作人应有的常识，不必一一细说。我相信他那么一改，也不是一般人知道原因的。中文老师改了学生病句，说出理由，还是恰当的，我不妨试解一下。剧本写"船正载着十数位搭客过河。""十数位"改为"十几个"。"十数"不是口语，而"位"多少含敬意，一般量词，用"个"才合理。常常在广播中听见广播员自言："今日两位主持人系……"自称为"位"，错误更大。剧本写老船夫悲凉地说："日头落下去了，我也太老了。""太"字改为"够"字，这"太"字，自己用上，有斥责意，但"够老"，就饱含了感慨，写出了老船夫对落日思年光的惆怅。剧本写"翠翠和瞌伏在她脚下的黄狗。""瞌伏"改"依贴"，"脚下"改"身边"。"瞌伏"是个生造词，而且失去"狗依主人"这种情感，而"狗在脚下"是不合实情，除非翠翠"踏着"黄狗。写对话，最重要是合人物身份、性情，不能犯上如老舍指责的"不是人话"的毛病。剧本写傩送说："爹，你莫问了……我求你，你莫问了。"改成："爹，你不要问了……我求你，我就是不要。""莫问"是书面语，不合傩送的身份，而加上最后一句，足反映他的坚拒态度。

作家这样细意斟酌运词用字，现在许多人看来，可能觉得吹毛求疵，读者粗心读来，也不会发现"脚下"有什么不妥，但正因作家这样严格要求，我们才了解文字是可以如此准确的。而沈从文能成为一位伟大作家、一位令合格读者念念不忘的作家，原因也就在他的修养。许多评论家正担心年轻一代的作家，在生活体验上虽然足够，但文字修养却愈来愈贫乏，这样发展下去，中国文字的精炼细致特色，就会逐渐在他们笔下消失，再下一代读者对文字的敏感，也无从锻炼了。我想，这种危机已经来临，真不知道该怎样做才好。

一九八八年十一月十八日

写在书边上

　　刚读完刊在《八方》上沈从文先生评改的《边城》电影剧本，就收到姜德明先生寄赠《燕城杂记》，里面有一篇文章：《写在"边城"的书边上》，使我很感兴趣。原来，在十多年前，姜先生在北京琉璃厂的旧书铺里，买到一本在书边上写满注释文字的《边城》，考查之后，证明是沈从文的亲笔。

　　姜先生抄下一些写在书边上的文字，我想看到姜先生的书的人不会多，而这些片段又更能反映沈老对《边城》的真实感情，因此转抄几段：

　　在自注本最后一页："一个人记得事情太多真不幸。知道事情太多也不幸。体会到太多事情也不幸。一九三六年三月二十一日校注此书完事。从文。""一九三六年三月七号看过这书后半部，无聊。我应当写得还好一些。""一九三六年三月十五日早上看过一遍，心中很凄凉。三月十六日改正六处。""三月二十一日看此书一遍。觉得很难受，真像自己在那里守灵。人事就是这样子。自己造囚笼,关着自己,自己也做上帝,自己来崇拜。生存真是一种可怜的事情。"

一个作家对自己的作品，看了一遍又一遍，又那么感动自己，这故事就是我们今天看到的《边城》。但我仍有点不明白，沈从文当年所说"无聊"是指什么，而"凄凉"又是为了书中的翠翠呢还是整部小说?

另外，原来书边上，也有许多与电影剧本评改部分相似的注释，例如:"好酱油"，作者自注:"酱油出湘潭、长沙,故湘西人多托下行人带酱油送礼,如别地方送酒一样。""请保山来提亲。"作者自注："媒人。"由这些书边上的字，总可理解沈老不是晚年面对电影剧本才如此认真评改，而是在早年，他对自己的要求也一样的严谨。同时，也证明了他对凤凰县的临水小地方的情意，是几十年不变的。

一九八八年十二月十三日

读《从文家书》

读《从文家书》，除了以前读过的《湘行书简》外，最值得注意的是一九四九年以后的书信。

一九四九年的《呓语狂言》，令人心痛，什么人、什么力量会令一个本来理智而敏感的人变成病态狂人？短短几行文字，刻画了文人悲剧，也描绘了时代压力。在时代巨变中，沈从文陷于"完全在孤立中，孤立而绝望，我本不具生存的幻望，我应当那么休息了"的绝境。至于他怎样"应当迎接现实，从群的向前中而上前。……我乐意学一学群，明白群在如何变，如何改造自己……我在学做人，从在生长中的社会人群学习……"那一定要经过相当艰苦的挣扎，和他信赖和爱的人的帮助。

从二十世纪三十年代的沈从文变成五六十年代的沈从文，从作家变成文物研究者，个中情节不足为书信所反映，但五十年代的《川行书简》、《南行通信》，倒仍看见作家三十年代的影子。

三十多封给妻子信中，有三个特点。首先，沈从文果然是个属于河川的人，对水、对船的敏感，到了哪里，只要遇上河川，他就忍不住描上好几段，而且一定写得好。白描式写景物写农民，也真的没话说，亲切而真实，毫不卖弄造作，这才是真功夫。第二是对文学创作的体会至深，没有任何艰深理论，却字字是深爱文学创作者掏出心肝来说的话。且看他谈《史记》，分明在说自己的写作经验。第三是京派情意结，并未因新时代的到来而消解。写上海仍笔锋尖锐，甚至不留余地。奇怪的是事隔四十年的今天，读到他在一九五七年写的上海人和都市面貌，倒仍不失"真切"感。

书信只选到一九六一年。往后的日子，沈从文怎样由事事敏感和喜批评的人，变成沉潜于无声古文物堆中的学者，恐怕要等另一本日记或书信来呈现了。

一九九六年七月十日

花花朵朵

现代文学，在二十世纪四十年代以后，"损失"了一位优秀作家——沈从文，历史文物研究界，却获得一位极其细心的专家——沈从文，真不知道是不是天意安排？作为沈从文的读者，也不知道是忧还是喜。

由创作人转业成文物考据者，个中滋味应该一言难尽。要追问这一转变的理由，就更叫人不安和不快，如今且莫说了。

沈从文细心，从他修改自己的文稿处早就知道。但研究历史文物，毕竟是硬功夫，博览群书之外，记忆力和领悟力缺一不可。最重要的是沈从文本来是个文学家，写起考据报告，绝不干不硬，不像其他专业出身的考古家，笔下专门用语，把门外汉一一拒于"文"外。

读《花花朵朵坛坛罐罐——沈从文文物与艺术研究文

集》，才晓得二十世纪六十年代中叶前，沈从文已经写了许多很好读、很有趣的文物考据小品，有点相见恨晚的感觉。

教中学国文和历史课时，常常埋怨备课时找不到令学生感兴趣又难忘的"小配件"——正文正史过硬，必须有些较软性的资料相配，才使授课软硬适中。当年，我总努力看各朝笔记小说、看国画、看历史博物馆的实物，以便授课举例之用。如果早看到沈从文写的文物考据文章，一定省却许多气力。

例如"床"这个词，我教《虬髯客传》时，就遇上麻烦，文中说虬髯客在客店中，在床上取枕踦卧看张梳头，陌生人怎可如此？一时无法向学生说清楚。现在看了沈从文的考据，才把二十多年前心头结打开，原来汉床晋床宋床有那么不同。

我不知道现在的中学老师如何备课，也不知道他们会不会在百忙中，抽空看看这本有如花朵的好书？

一九九四年十一月十一日

夜读闪念

夜半，醒来，还是看书，也只好看书，看不那么"严重"的书。往往禁不住一闪一闪念头，写下来，不是书评。

野艳

野艳，用这个词形容迈克的文字，不因为他的书叫《采花贼的地图》，而是他写来不守常规，叫修辞学语法学的专家们束手无策，但整篇读来，却艳得很，有时更凄艳得很。

一向规劝学创作的青年，不要滥用成语套语，如果能像李碧华、迈克那样用又不在此例。他们信手拈来，插在文中，竟另有风采。甚至广东话，到了他们笔下，也具足新生命。迈克说：日子流流长。我才醒觉原来"流流长"，很形象，看着想着，忽生感慨。

这种野艳文字，不能分析，不能佳句摘录，全文读来，就有感觉。迈克写粤语片的提要如此，写任白情谊也如此，轻柔柔，道尽几许人生小调。

多少人写过图书馆，只有迈克，写来不动声色，却读得人惊心动魄。

新潮

叶梦，对香港读者来说，是个陌生名字。十年前，读她的《羞女山》，印象深刻。最近看到的文集叫《月亮、女人》，副题"叶梦新潮散文选"。怎样"新潮"？原来文字很女性（？），内容完全写女人心思，一半写自己与月亮的联系，一半写自己"创造"了另一个生命的经历和感受：怀孕到儿子岁半的女人情怀、写"回归女人一族"的细碎事。一切很个人，很女人，与社会、国事大计无关。新潮就在此。

这样内容，港台女作家不必哼一口气就写出来，但在大陆，真不容易，挣扎四十年才破茧。一个读者说："那些雄化或者分不清性别的散文读了让人乏味。"新潮，就在此，一条漫长的路。

一九九三年十一月二十九日

写书评的本钱

　　在文学界的座谈会里，台上台下都提到"香港需要建立良好书评"的问题。这些话，热切关注香港知识文化发展的人，都说了十多年了。但说总归说，报刊上读到的所谓书评，仍叫认真的人脸红、识货的人难过。

　　为什么建立良好书评那么难？

　　我们都心中有数，只是没说出来。终于，那天坐在台上的一个"官"说了"真心话"：我们不能得罪人。

　　其实，不是香港作者特别小器，而是人总不易容得下不中听的良言：名满法国读书界的毕佛，就碰过这样的钉子：二十世纪六十年代中期，他为西蒙·德·波伏娃的一部小说写了一篇不甚恭维的书评，"她从没忘记，也从没原谅我。"毕佛如此回忆。也正因为如此，他没法子请得西蒙·德·波伏娃的情人萨特在他主持的节目中露面，成为十五年盛事的缺憾。

毕佛有实力，有广大观众支持，得出版界、传播界的尊重，萨特、德·波伏娃不给面子也只好引为憾事。但毕竟，书评、作家访问依旧可以维持不断，本来对电视有敌意的名作家、知名知识分子，最后也愿意走在他面前，接受可能很尖锐的质询。

毕佛有的是"本钱"：一天看十多小时书，出镜时看似不经意，但却字字珠玑，事前对作家书本的资料搜集，对书市场的趋势掌握，一组完全明白他需要的技术人员，一位在出版界人缘极好的联络人，有足够供他选择的易读书、艰深书、观众支持与电视台老板的容纳，则互为因果……等等，本钱足，胆子大，不怕得罪人，良好书评就如此建立起来了。香港怎么样？文化官员装模作样、出版社老板得打响算盘、传媒主事者眼光势利，读者领受能力薄弱……我们没有良好书评，因为我们没有本钱，我们没有胆量。

一九九四年二月二十五日

获宝

没有忘记梁伯生前的话:垃圾堆都要掏一下,否则走宝。

每天回家,路经一个垃圾站,下午总堆满附近人家扔出来的东西——不能称为废物,很好的家具、电器、木板、整箱瓷砖……也常见人在拣选,用车运走。

那天黄昏,快下雨了,我正赶路回家。几个大纸盒乱扔在行人路上,垃圾站已经放满烂木柜,纸盒只好放在行人路上,这是常见情况。纸盒? 对纸盒我特别"敏感",因为可以装书。我顺手打开其中一盒——

哗,不是做梦吧? 我常常幻想:有一天,在垃圾堆中,发现名人书信、照片、绝版书刊,大概我真的相信"收买佬发达"的故事。

哗! 都是书! 果然都是书。第一本映入眼的竟然是:我十多年努力寻找,却有钱也买不到的:一九四〇年四月初版，当年流行小说，望云写的《黑侠》上下册，再翻一翻，竟是萨空了写的《香港沦陷日记》一九四六年香港初版本。我的心跳得不正常，双手发抖，不敢再翻下去。望望四周没人，立刻赶去打个电话回家，叫阿慧拿大胶袋和手推车来帮忙。

千万不要下雨，千万不要识货的人经过，下边几盒里会是什么东西？我望着几个纸盒的心情，现在想起来也好笑，相信跟发现宝藏的人差不多。

几分钟的时间真难过。幸而几分钟阿慧就来了。帮忙打开一个又一个纸盒，哗——好脏，看来好几十年没人打开过——宝藏的意义就在此。哗！哗！我顾不得脏不脏，飞快把盒中的中文书、又不会烂得不成形的，都放在手推车上。

满满一车书，用力推回家去，进了门，天就下起大雨来了。

一九九六年六月二十五日

诚品品味

爱书人到台北，鲜有不去"诚品"。

说像朝圣一般心情，未免太严肃，但那里有一个读书人梦想成真的天地，在香港渴得太惨。诚品，进入了，是心灵的释放，应该是另一种朝圣。

说诚品，应该说到品味问题，是优质文化素养问题，是生意与文化结合问题。

"光复一个有星光的早晨，收藏一片有水滴的树叶，流连一个初相逢的书店……"这是诚品光复南路店推广"一日之计在于晨"买书优惠的广告单张语句，印在银灰色的方形厚纸上"冬日温书"是南京路店的宣传口号，从星期一到星期天，都让某些共同点的书友——例如"在南京东路三段工作的朋友"、"云门舞集的会员朋友"……得到九折优待。拿上手、读起来，就舒服。南京店开到晚上十二点，在那里，人人静静地看书，未必一定买，但付款处仍要排着长龙，证明文化生意结合得很好。

　　台北市中心地价，不会比香港市区的便宜，香港生意人的资本，不见得比不上台湾，就只是欠了为高质文化事业做点事的远见生意人。常听见小本经营的书店老板，唉声叹气说"捱贵租、亏得惨"。但又常见书店挤满人，背靠背地站着看书，证明读书人口其实不少。谁肯放胆投资，建立一个高品味的气氛的书店，自然有气味相投的客人来，甚至说得功利一点，可以形成一种"习惯"、"品味象征"：读书人或有优雅品味的人去某某书店。

　　台北有诚品、北京有风入松、三味书屋，我希望香港也有□□□，一间可以相比的书店，而不是商场式的书城，我们要的是优雅舒适，不要商场式的热闹。

　　"诚品"，这个读书人的梦，会在香港成真吗？

一九九七年一月二十一日

风云激荡中的路标

五四新文化运动后，几十年来，每个年代，中国大地上都出现许多具有影响力的刊物。《新青年》、《小说月报》、《东方杂志》、《语丝》、《莽原》、《论语》、《光明》、《周报》、《时与文》、《观察》等等，多得不能尽录。

这些刊物的存在年期，有长有短，思想立场各有不同，但创办者多有一共同冀盼：在风云激荡时代中发声。知识分子在多变多艰时代，以天下为己任，肩负推动文化的责任，鼓足勇气，尽管能力微弱，仍充分表现了不屈不挠精神。

每当我翻阅这些尘封册籍，就仿佛听到紧贴甚至超前时代的呼声，更不难想象编者、作者在动荡不堪的处境中，怎样坚定不移地成为前进者的探索路标，读者也因他们而获得启迪，思考如何一同上路。

也许，香港几十年来，都"托庇"于某种朦胧安稳中，虽不至称得上承平日久，但也算在无风无浪中过日子。青年一辈，没有自我求存的需要，也就没有寻找方向的动力。生命往往无所依傍，不经风雨，反见脚步浮虚。他们大概还没机会遇上激荡的大时代，被软绵绵的刊物养得身心虚乏，稍涉思维、内容坚实的文字，都拒之千里。二十一世纪，在地球每一角落，都会是风云激荡，恕我杞人忧天，这群身心虚乏的"宠儿"，怎样才可以面对冲击？他们比上一代人，更需要路标。

在杂音乱拍众多的今天，坚持深厚文化底蕴、承传民族历史、前瞻时代起伏、锐意寻真辨理的刊物，是多么重要！回眸历史，我们感谢前辈筚路蓝缕，为我们设了路标。际此《明月》创刊四十周年之庆，我深切祝盼它作路标之理念坚定不移。

二〇〇六年一月

诗魂冷月

一九八〇年，在上海认识赵清阁女士之前，我只知道她主编过《弹花》，读过她一篇短篇小说《落叶无限愁》。多少年来，因为文艺政策的阻障，这位女作家几乎与外边阅读界隔绝，在香港，读不到她的作品，并不奇怪。

真没想过，文革以后，我第一位认识的女作家，就是她。

我到上海探访施蛰存先生，老人家十分客气要在梅龙镇请吃饭，还说要与一位朋友同来。那时候，我对上海毫无认识，当然不知道梅龙镇是间名店。

一头短发，穿浅灰色布外衣，跟当年常见妇女装扮没两样的女士与施先生一起入座，她就是赵清阁女士。她清朗眼神、轻盈谈吐，与当时许多人还未敢畅言的态度，很不一样。她指点着梅龙镇的某个角落，款款深谈三四十年代的剧坛故事。曹禺、老舍、白杨等身影，从她的神态中，朦胧展现，在昏暗的老饭馆里，我仿佛步进了另一个光影世界。

我寄给她林海音、方令孺的文集，让文坛旧友在书中重聚，她淡淡一句"得见故人"，仍足见隔绝的苦念。往后的日子，从来信里知道她带着多病之身，过着孤单的生活。

细读她的红楼剧作《诗魂冷月》,感受她笔下黛玉之苦，果真："天上人间兮，感夙恩！感夙恩兮，不可愧！素心何如兮？天上月。"后来，得悉更多她的凄然而感人身世，才深切理解一个多才女子在离乱世代中如何艰难。

宛如天上冷月，一九九九年，她寂寂度过了一生。

二〇〇六年六月八日

为诗人看手相

我要讲一则大概没有人提及过的诗人故事。

远在许多四十年代诗人被"埋没"的时代，在香港爱现代诗的青少年之间，传抄着一本诗集：《手掌集》，并在聚首时细细吟诵。我们都能背诵《蓝马店》，我们都惦念着王辛笛。

等到八十年代初，内地改革开放后，香港中文大学中文系主办了第一次中国现代文学研讨会，订定邀请名单中就有诗人王辛笛先生。当时正在中文系任教的余光中先生提交了一篇《为诗人看手相》的论文，讨论对象就是王先生，在台湾还未解严前，这恐怕是相当大胆的突破，事前，主办单位的负责人确实有点担心。

一九八一年十二月二十二日晚上，中文系设宴招待参加研讨会的作家学者。大会安排了柯灵、余光中、王辛笛三位先生同席。当晚，只有我一人带备照相机，为的是想捕捉珍贵的历史时刻。席间，我走到王余两先生面前说："可以拍张照吗？"我作好心理准备，会被拒绝。出乎意料之外，他们十分爽快答应了，更意外的是：余光中主动提出，要"设计"一个替王辛笛看手相的动作，左手轻托王的右掌，右手食指近指王的手掌，真是表情十足。快门一按，就这样，我拍下了一帧两岸诗人初接触的难得刹那影像。

这帧照片，我一直没有公开，因为拍过照后，余先生对我说："这照片不要见报。"答应了我就守诺言。

事隔二十多年，情势已大异，照片也有点发黄了。

二○○六年六月九日

记施蛰存先生

自八十年代初到上海拜会施蛰存先生后，感谢他不厌其烦在书信中指导我。一晃二十多年过去，我一直没有向他致谢，只因文字不足以表达我的谢意，也怕他的潇洒，容不下我的啰唆。

最初往来书信里，我多问戴望舒的事，他提供了许多笔名，其中竟有他与戴共用的，这点对我的研究帮助很大。他对我的论文题目、立论态度，都提出宝贵意见，特别提醒我："不要完全用此间的文艺批评尺度立论，那还是太'左'，你们香港人毋须走到如此之远，我以为你的论点，只要做到'客观'、'持中'就可以了。"这段话，在今天看来，可能有人认为并不新鲜，但时维一九八〇年，身在上海的他，对一个初识而又"来历不明"的香港人，说这几句话，也必须冒一些风险。

以后，在信中也谈些日常生活琐事，不过我读过他一段顺口溜："灯下写信复朋好，来信太多复信少，每天收信六七封，叫我如何复得了。"写信就少了，怕他费神回信。直到一九八九年十一月，老人家来了封短信，说自己写字不灵活了，记忆力差了，还慨叹"人生真如电光石火，可悲！"读着信，想起他平日的冷幽默、话中带讽、风趣、机智的风格，心中不禁隐隐作痛，也不懂该说些什么安慰话。

施先生到过香港两次，住在学士台，常路过薄扶林道，他为此路改名"薄凫林"，还写了几段《薄凫林杂记》，可惜香港身影没有在他笔下留痕。

二〇〇六年六月十五日

清湛似水

　　路过诺士佛台，只见宛如南欧小镇，成群摩登男女吃喝玩乐，十分热闹，不禁想起五十多年前，这本静穆的小区，曾住着一个安静的人。

　　一九四八年五月，柯灵先生流亡南来，到这稍有言论自由的殖民地，争取出版宣传空间。

　　首次记住柯灵的名字，并不知道他曾来过香港。我爱读他飘逸恬静的散文，香港不见幽深雅致的巷，读到他写的《巷》，令我着迷。后来在研究中，才"发现"他跟香港有过一段情缘。用上"发现"一词，是因为七十年代末，要研究中国现代文学，苦无资料可寻，绝不如今天的方便。读《文汇报》史、读众多文化人回忆文字，赫然见到柯灵先生的足迹，八十年代初主办现代文学研讨会，赶快把他列入邀请名单内。

重来香港，他要去看诺士佛台，还跟刘以鬯先生拍了照片，庆幸当年旧地未如今天的面貌，柯老说还依稀认得。

我问《文汇报》往事，他回想起来，冷静地提及"彩色版"和"社会大学"的编辑方针。说到怎样苦心配合香港读者的口味，又要不失严肃办报立场，记忆中是颇为吃力。到头来，"彩色版"很成功，只有"社会大学"版却无法与香港大众配合，柯老说："匆匆过客，还掌握不准香港社会风气，摸不到大众脉搏。"

多次与柯老交往，愈觉他雅淡静穆，清湛如水，我常想起他在长洲海边的几张照片，想起他的散文。

二〇〇六年六月十六日

人生采访的旅人

萧乾先生真像尊弥勒佛。

七十年代末，中国作家给我的印象，多带愁容，眼神犹豫，只有萧老眯着眼，嘴角上掀，好一张令人愉悦的笑脸。他到美国去参加"中国文学周末"，路过香港，我第一次探访他，他的笑容令我心怀宽放。

萧老与香港文艺界订过两度较深的因缘。

一九三八年八月十三日《大公报·文艺》创刊，他是首位编辑，写了《这个刊物——代复刊词》，紧扣了中港两地的血缘关系。一年间，他奔走于滇港之间，又参加筹组"中华全国文艺界抗敌协会香港分会"工作。面对留港文艺界的幼稚表现，写了一篇责之切的《门前的雪总得扫扫——给旅港文艺界朋友们》。一九三九年春，他从香港出发，踏上新一种人生采访，并发表了《赴欧途中》、《欧洲往哪里去？》、《剑桥书简》等文章，让香港读者了解战争情况。

　　一九四八年，内战战火漫天，他又重临香港，还是在《大公报》工作，但更多的从事文艺政治活动，可惜，此时文坛情势对他有点不利，不久，他离港回国，展开另一人生旅途。

　　作为新闻工作者，他坚持"褒善贬恶，为受蹂躏者呼喊，向黑暗进攻"。一九八〇年二月一日，他在香港大学讲"新闻工作与文艺的关系"，他反对虚构，但认为主观客观条件足够，仍可写出出色而有影响力的作品。这位人生采访老手对香港人说："香港社会复杂，有足够的写作资料。"我当这是他给香港传媒的礼物。

　　　　　　　　　　　　二〇〇六年六月三十日

美男子

美，有没有标准？言人人殊，也不必争拗。但每个时代，总有些当得起公论的美人。二三十年代文坛，也不乏获得公论的美人，特别是美男子，可惜照片不容易看到，只凭旁人文字记录，想象其人，恐有差距。

最早被称美男子的是"引刀成一快，莫负少年头"，后来却成了汉奸的汪精卫，据说因俊美而脱死罪，这当然不可信，但他的美，在徐志摩的《西湖记》中，就有这样的记载："一九一八年在南京船里见过他一面，他真是个美男子，可爱！适之说他若是女人一定死心塌地的爱他，他是男子……他也爱他！"胡适如此反应，真叫人惊讶。徐志摩也美，从仅见的照片看，属精致骨子型，却略嫌脂粉气。

最近读邵绍红《我的爸爸邵洵美》，看到书中几张照片，美男子，果然名不虚传。这个盛宣怀的孙婿，唯美派诗人，曾这样描绘自己："拜伦有我同样的眼睛，但丁有我同样的下颌，伏尔泰有我同样的鼻子，莎士比亚有我同样的胡须，缪塞有我同样的脸盘。"是不是过分自夸了？反正没几个人见过拜伦、但丁。但在一九三四年的一帧自摄像中，足以印证他的话也不乱讲。照片侧面轮廓真突出，特别那挺拔希腊型鼻子，完全不像中国人，下颌长了一小撮胡须，西洋艺术家的造型，十分摩登。直到五十年代的一张照片——别忘了是解放后，他右手夹香烟，领带稍稍松开，双目苍茫，仍不脱一派洋场才子气质。

　　老照片中，就有许多美男美女面容。

二〇〇六年八月三日

诗人的另一面（上）

读王文彬的《雨巷中走出的诗人——戴望舒传论》，特别读到诗人在香港的生活片段，他的身影竟如此不同我所知的，感慨良多。

早在一九八〇年，我寻找戴望舒在香港的资料，都局限在香港纸面所见。尽管访问过与他有关的人，例如施蛰存、徐迟、冯亦代、卜少夫、吴晓铃、杨静，可是都因过于匆忙，我的准备也未充足，加上改革开放初兴，受访者还不习惯我这个"外人"的探访，一些较敏感的问题，我不敢提出。举个例说，与诗人在香港结婚的杨静，见过几次面，她只带着出版任务，想来港要戴的作品，我自然不好意思问她与诗人的感情问题。此外，《林泉居日记》、《我的辩白》等重要材料，那时还未公开，我写《灾难的里程碑——戴望舒在香港的日子》，实在太片面了。

王文彬经过二十年的努力搜集，访问更多有关人士，掌握更深入的资料，写出诗人的另一面。

书中有一张戴与杨一九四三年五月三十日在香港大酒店的结婚照片，那排场、衣饰的隆重，出乎我的意料。此时距诗人出狱后刚好一年，正值沦陷时期，一般小市民要捱每日配米六两四的苦日子，诗人可以如此铺张，未免奇怪。

此书还揭露了戴望舒对爱情的挣扎与悲苦一面。

二〇〇七年二月十日

诗人的另一面（下）

本来，诗人的感情生活，读者不必如"狗仔队"般追查。可是，读到许多诗与他的爱情有关，而他对穆丽娟的深情款款，也早凝聚在《过旧居》中。"我没有忘记：这是家，／妻如玉，女儿如花，／清晨的呼唤和灯下的闲话。／想一想，会叫人发傻。"读完这样温馨的诗句，又怎可以接受另一种场面？

王文彬访问了穆丽娟，成了重要采光关键。于是让我们看到：穆丽娟说"我们谁也不管谁干什么，他什么时候出去、回来，我都不管，我出去，他也不管"。几句话，反映了夫妻间的冷漠。书中还说戴望舒会很粗鲁，很不礼貌。甚至有一次用粗言秽语，硬把穆丽娟往门外推，连在场的张光宇兄弟也劝阻不了。作者还引卜少夫太太徐品玉的话，说戴望舒对好友施蛰存也有不礼貌的态度，只是施蛰存为人和善，包容了不说出来。这一面，几乎撕裂诗人的性格，也难掩悲情。

从这些片段叙述看，我总感到对戴望舒不太公平。

单凭离婚后的穆丽娟，事隔五十年的一人回忆，再加与她友好的徐品玉的转述，当中恐怕包涵旁人说不清的恩怨情仇。后世研究者该如何处理，怎样描绘诗人多面个性，都值得深思。

我无意探索"八卦"情史，只是读毕全书，仍耿耿于怀。

二〇〇七年二月十一日

染作江南春水色

我不懂绘画，不懂颜色特点，但对古代锦绣、古画中衣服颜色，都很感兴趣。说起来，这兴趣也该源于读《红楼梦》。贾宝玉初出场："一件二色金百蝶穿花大红箭袖，束着五彩丝攒花结长穗宫绦，外罩石青起花八团倭缎排穗褂，登着青缎粉底小朝靴。"四样穿戴，每件不同颜色，究竟大红、五彩、石青、粉底，配搭起来，是怎个模样？而且，大红是怎样红法？问也无处可问。等到看越剧《红楼梦》，徐玉兰那一身打扮，从此在脑中定格，那身大红就是书中说的大红了。

曹雪芹身为江宁织造厂管理阶层的后人，江南锦绣颜色，都看在眼内，书中各人衣饰描绘，大概不会凭空捏造。可是，终究真实如何，找不到可考的资料。

最近，购得一本韩国学者金成熺的研究成果，书名就是《染作江南春水色》。她留学中国二十年，专研江南地区的染织文化。从色谱、染色工序、历史文献、实物、作坊等等入手，涉猎之广，层面深入多样，使我大开眼界。其中一章《辨色》，涉及传统色名研究，色谱定义释例，《红楼梦》的服色研究……原来，单是红色，名称之多，色素细分，已十分丰富。最可惜，云南人民出版社对此书的精神重心掌握不足，色谱的印刷，我怀疑调色不准，例如"青"的正色外有十五种属青的类别色，太近似，色谱印得不够清晰。

一个外国人，从我国古文献中寻索种种染技线索，求证于工艺专业词语，一一分析，得出江南云锦色系最美的结论。其中太专业的论述，我看不懂，却从中找到许多古小说、诗词用过的颜色，增加了理解，日后在博物馆中观看实物，又添一重兴味。

二〇〇八年八月三十一日

被遗忘的人

今年十一月是徐訏先生诞生百年祭，给刘绍铭先生称之为"憔悴斯人"，带着郁郁不乐面容的作家，离世已经二十八年了。

客居香港五十多年的他，《鬼恋》、《风萧萧》、《蛇衣集》、《盲恋》等几十种作品，成了小学、中学生的爱读书，我都读过。一九六三年，他到新亚书院中文系当讲师开现代小说课——新亚一向不开现代文学课，我也没有选修，只慕名旁听。他毫无表情的样子，低沉的声音，吓怕了学生，我听了几堂，就没去。他倒没责怪，反常常找我喝咖啡。他喜欢到湾仔华国酒店的咖啡室，第一次见他进来，竟戴上白手套，那不是香港人的习惯。最奇怪的是他坐下来，面对面也没太多话讲，我至今想不起他讲过什么重要的话。后来，偶然会叹气说香港没可交的朋友，说文坛干枯。

七十年代末,内地刚开放,他两次主动要我代约见朋友。一次是约见黄苗子、郁风两位,见面话也不多,幸而黄郁两人都善谈,且相隔几十年,有说不尽的话题。另一次约见戴望舒太太杨静,那一次很特别,一见面,他就问"你记得我吗",往后他们用上海话交谈,我听不懂,只见他们神情严肃,看来叙旧有点不欢。

　　他在香港,其实不是没影响力:先后办了《幽默》、《笔端》、《七艺》。在浸会任教,他似乎比在新亚受欢迎。又办笔会召集过一些文友。可是,他那木讷与忧郁,不与人群的个性,真令他寂寞一生。正如他自己说:在人生找寻空隙。却未见成功。

　　多少老读者记起他? 更别说年轻一辈了。

　　　　　　　　　　　　二〇〇八年十一月十七日

另类个性的徐訏

给研究者说成浪漫派的徐訏，在小说作品以外，他忧郁面容底下隐藏着极其另类的个性。有人认为因为客居香港，与此地生活格格不入，他才会如此不欢，形成了翳障不平衡的心态。

其实不然。他一贯对人、社会、政治，都别具己见，毫不妥协，不顾情面。当年他写文章指摘唐君毅老师，我一点不感出奇，他只是把藏于内心的看法，挥笔直书而已。早年，看过他的浪漫小说，再读《蛇衣集》，就清晰可见隐藏另类个性，蛇衣的寓意也在此。

一九五二年，他在香港创办了《幽默》半月刊，所设"本刊十则"，正可反映他这种个性。此刊不易见到，我不妨选几条给大家读读：

一、本刊不专刊幽默文章，亦不信幽默醒世与幽默救国。

二、本刊不求闻达于权威，但求无过于庶民。

四、本刊不事神或主义，但不反对别人拜神拜鬼或拜物。

八、本刊在近代医学上的两派意见中，相信睡眠重于运动。

十、本刊不信鬼，但怕鬼，见鬼则停刊。

最不明白的是最后一则"见鬼则停刊"，我曾向他请教，只见他木无表情说："你年轻，没见过鬼。看我写的《人类的尾巴——魔鬼的神话》吧。"我呆呆就去找来看，真的还是不懂，又不敢再问他，剩得一肚子疑团。

逐渐，我也忘记了此事，直到最近重看《幽默》，才恍然大悟他说的鬼是什么意思。原来，人老了，经过人生历练，自当明白徐先生所指的鬼。而遇上鬼，他的另类个性就会显露出来，既不与鬼格斗，就停刊吧！

想理解徐先生，可读读那篇文章，读时别忘记副题。

二〇〇八年十一月二十三日

百里白桦林

　　三小时车程，满目尽是白桦树、落叶松、马尾松。秋去冬来，长白山密林中，白桦落叶后，疏枝仍挺拔朝天，落叶松金灿耀目。

　　我在旅游车上，放眼收纳白桦树的远近身影，了却几十年的心愿。

　　白桦，长在前苏联、中国东北寒地。第一次看到"白桦"这个词，是念小学三四年级的时候，青年的中文老师要我们从黑板上抄下苏联诗人叶赛宁的诗："在朦胧的寂静中／伫立着这棵白桦／在灿烂的金辉里／闪着晶亮的雪花／徜徉在白桦四周的／是姗姗来迟的朝霞。"老师说那是首描写自然美丽的诗，要我们牢牢记住。小孩子都不知道白桦的相貌，也没图片可看，单凭想象，它是笔直的树而已。往后，中学时期，师姐在读书会介绍我们读肖洛霍夫《静静的顿河》，书中惨烈战争场面，却也不缺白桦树的描写。积累了许多细碎印象,便把白桦这种树记在心中。奇怪的是,不久,耳语传闻,小学老师给香港政府递解出境,中学师姐投奔祖国去。年少无知,也没追问,人就这样不再见了。那是五十年代的事。

大学时期,胡乱读了点日本文学,又见白桦一词。白桦派中,我独喜志贺直哉的《暗夜行路》,顺道追查一下白桦派的精神所在,于是读到武者小路实笃写的《〈白桦〉的运动》：

> 白桦运动是尊重自然的意志和人类的意志、探讨个人应当怎样生活的运动……为了人类的成长,首先需要个人的成长。为了使个人的成长,每个人就要做自己应当做的事……为了人类的成长,个人必须彻底进步,必须做彻底发挥良心的工作……因此,我们是抱着使自己的血和精神渗入和传遍全人类的愿望而执笔的。

我对白桦派主张的人道主义和理想,十分认同,但他们为什么把办的杂志叫《白桦》,却不了解。

到了八十年代,中国改革开放后,我又看到了"白桦",

一个中国作家的名字，他大胆地在小说《苦恋》最后，写出对多难人生的无言控诉。

逐渐，在我记忆中，"白桦"已变成一个文学理想的代名词，不再是一种树的名字了。

不久前，要到长白山旅行，翻查资料以助游兴，又再邂逅白桦。今回，它重新以树的身份，进入我的记忆。

《永吉县志》："山多桦木，土人取为筒，以盛衣物，其木如革，文理蔚然，不假绿采。"原来看似易于剥落的树皮，用途甚广，都与人的生活有关，既可作衣箱，又可搭小屋，最浪漫的还算以树皮作笺，书写情信情诗。特别对俄罗斯的诗人作家画家来说，白桦，是取之不尽的好题材。

车过百里白桦林，在车中，我想起一切白桦树故事。

二〇〇九年一月

西西这本书

细读《缝熊志》后，我真为书店摆书上架的负责人、图书馆分类上书的人担心，他们该把西西这本书放到什么书种中去。

我试排列这本书涉及的项目：缝熊技术、中国古代服装史、外国服装史、外国故事、中国神话故事、中国古代文学和历史作品、戏曲、哲学、人物故事、名画、地理知识、西西的散文、西西所缝熊的图片集……可能还有遗漏的细项，简直琳琅满目。每一页读起来，都得小心翼翼，生怕一下子错过了一点，就错过了许多。

西西在缝熊设计过程，她的思绪遄飞，纵横交错，令人估量不及。

西西缝了庄子熊。我试想，庄子，该怎样子？文字中，我明白西西要讲梦为蝴蝶，但未讲蝴蝶之前，浅浅道来，竟是庄子整体精神所在的《逍遥游》，冷不提防中间又插了对朱光潜那篇《我们对于一棵古松的三种态度》的看法。然后，庄子"原来他一如蝴蝶，睡在一丛树篱的顶端"，这种神来思绪，就是西西。

由她偏心的黄飞熊开始，每一位熊，都与西西有密切关系。童趣与童心，充分在介绍熊的文字中洋溢。我看她交代包拯不戴官帽，就觉得有趣。再说我最喜欢的玄奘熊，经风吹雨打当然黑墨墨的，真好笑，"给他剃度时有点舍不得"，因为剪掉他的头发等于剪掉几块钱。又是个小玩笑。许多片段，让我们读到不老的西西。

教育官员瞎讲通识教育，设立成一科，还要公开考试，那真是不知所谓。什么才算真的通识？什么才称得上创意？西西作了最优秀示范：广博而扎实的学识，融会贯通的取舍，个人风格的呈现，创造了前人未有的这本书。

二〇〇九年八月三十日

街边有档报纸档

这是庄玉惜写的书书名。

香港曾是出版最多报纸的小城市，市民也早养成阅报习惯，几乎天天与报纸档打交道——自便利店沾了手、免费报通街派后，又已是历史另一章了。这样熟习的街头景况，虽然小本生意，却是城市文化不可或缺一枝，可从没有人肯下工夫，为它身世寻根究底。这论文用的资料很琐细而难寻，作者用的力不易为读者察觉，庆幸导师不以道小而否决她的论题，今天我们才可读到资料翔实而文字平易、不故作学术道貌吓人的这本书。

父母亲都爱读报，从小我就负责买报。早上到菲林明道东方小祇园侧门口买正经大报，黄昏去庄士敦道双喜茶楼门口买一毫两份拍拖黄色小报（父亲下班回来"叹"）。

我跟小祇园报纸档的阿哥混熟了，还可破例用一毫子

"借"一本《何老大》、《细佬祥》漫画回家看。后来阿哥在新亚怪鱼酒家多开一档,这都是一九五六年前的事,我并不晓得那年以后,报纸档有那么多变化和沧桑岁月。

对于卖报纸谋生,小时候我有过一个深刻记忆。《星岛晚报》副刊曾登过欧阳天作、李凌翰配图的《阿牛正传》,话说小孩子阿牛流落香港,为了谋生,用袋中仅余的钱,买几份报纸在街头叫卖,情况就如庄玉惜写一九五二年那年轻报贩一样。我追看阿牛,看着他长大。从此记住穷也不会饿死,可以做报纸妹。我忘记了阿牛有没有走鬼,有没有给警察捉去坐牢,读完此书,才知道原来卖报纸也非容易。在该书《"报纸仔"与"报纸妹"》一节,就反映了奔走街头的报纸仔如何在法律夹缝中艰难度日。

庄玉惜写好一个行业历史,为香港报纸档留下重要一页。

二〇一〇年八月二日

心力与笔力

看《他们在岛屿写作——文学大师系列电影》，最激荡心灵的没想到是王文兴的写作状态。

深信大作家各有独特写作习惯。古代有苦吟、有醉写、有推敲。只是从没真实留形。镜头定静拍下王文兴坐在近乎空白的小房间里，用不同的笔，用力凿向方桌子玻璃上的纸，此刻用凿字比敲字更贴切，他仿佛把心力完全倾注在笔头，再运尽全身力量通过笔，把别人无法猜透的字、符号、线条，凿进纸上。不合意的，他以极愤怒的力度把它们扯碎。桌上撕裂的纸片，宛如作家的血肉，一片一坨，散在桌上。我年轻时读王文兴的小说，总有喘不过气来的感觉。他的笔力令人很吃不消，记得读那《最快乐的事》短短不足三百字的极短篇，读得很慢很慢，好像承受着永读不完的压力。读《家变》，更读得人死去活来。一直说不出何故如此难受，原来，王文兴写作，是用心力与笔力，挖、扯、撕、割自己的生命。他说写作是"绝地求生"，是"困兽之斗"，这恐怕也属苦吟一种，难怪叫人读得吃力。

不过，另一片段，王文兴却呈现了某种生命愉悦。我喜欢他出门背着个红色小背囊。在大街小巷、在巴士站、在海边，永远是个安静的行者。他悠悠然行走于人间天地，他讲儿时住处同安街纪州庵的神情，他在海边岩石上看海的时候，他坐在巴士站椅子上读旧诗的时候，总是那么平静祥和。眼镜后的眼睛竟露出了笑意，这正是他储存心力笔力的时刻。

二〇一一年十一月十二日

落日寒姿——化城再来人

我当然想起……五十年前,一个酷热午后,拿着地图寻找武昌街的慌张。从来未离开香港半步的少年,如何在陌生路上,去问人明星咖啡厅的所在。

纪录片中那重现的报纸摊,猝然,把我掉进旧梦里。我蹑足在摊前来回走动,眼睛也不敢停留在那清癯身影上。我忘了应该买一本书或一本杂志什么的,才能合情理地停留在那里多一会儿。

我坐在电影院中,看那老人脸上的岁月苍茫,原来正如他书架上百年孤寂,一笔一画印刻着。他的诗,曾陪伴我走过无数稚嫩青苗、似梦似幻的日子。念多少遍《菩提树下》……"坐断几个春天? / 又坐熟几个夏日? / 当你来时,雪是雪,你是你 / 一宿之后,雪既非雪,你亦非你 / 直到零下十年的今夜 / 当第一颗流星骎然重明"就度过了几十个春天，几十个夏日。

清癯消瘦，似笑非笑，叉开拇指食指捂住下巴，他迟缓讲一些句子、念诗，他的声音，完全不像诵诗，却比任何人的朗诵更动人。"讲起我母亲，我就想哭啊。这缘不同寻常。但是也无可奈何呀！……"流浪天涯的儿子，思亲之情尽在此矣。当然，他念："若欲相见／只须于悄无人处，／呼名／乃至／只须于心头一跳／一热／微微／微微／微微／一热，一跳，一热……"这是最切入心底的爱情描绘。只要有真的爱过，而爱的人又永不在，则至今无人跳得出如此情节。

人说周梦蝶的诗弥漫着禅意、佛意。称化城再来人。我不同意，他还是摆脱不了一个情字。

二〇一二年二月十九日

借箭

萧红真可怜！我委实不愿意用"可怜"这两个字，但看完萧军写的《萧红书简辑存注释录》后，怎也抹不掉这种印象——萧红这个女人真可怜。

本来，正如萧军自己说："夫妻或男女之间的事情，第三者难于判清真正、实质……的是非的，所谓清官难断家务事，倒是经验之谈。"但除掉感情这微妙成分外，人际关系，仍该有一种相当客观的是非准则，或一种第三者也能判清的道义标准。谁爱谁、谁不爱谁、谁拒爱、谁痴心，第三者的确没法管也不应管。离天隔海，又不认识男女双方，更难断是非。可是，一个女人，死了四十年，她曾爱过的男人，把她的情信公开了，还自说自话地加批加注，处处表示"她弱我强"、"我也并不欢喜她那样多愁善感，心高气傲，孤芳自赏，力薄体弱……的人"。女人在信里说："我崇敬粗大的、宽宏的灵魂", 他立刻推理说:"我的灵魂比她当然要粗大宽宏一些。她虽崇敬, 但我以为她并不爱具有这样灵魂的人。"在对手绝无还击、辩白机会下, 做出这类事, 不必说夫妻或男女关系, 就是对普通交往的朋友, 都可以说不够道义。更何况, 这女人曾如此深爱自己, 这女人已死去四十年, 这女人出名——现在正当"萧红热", 这种自以为"诚实坦率"的注释, 就再不单属男女之间的事了。

萧军写这些信的注释, 看来除了向世人交代他与萧红之间, "全是充分认识、理解到我们之间具有不可调和的诸种矛盾存在着的。后来的永远诀别, 这几乎是必然的、宿命性的悲剧必须演出"。还有最重要的是对"干预"过他们感情问题的人回一枪, 故他说:"除非你别有用心, 别有目的……才喜欢在别人夫妇之间表示偏袒某一方。"又说"敌人"大可利用这些注释, 像"借箭"般借去, 再"射"回他身上。

《萧红书简辑存注释录》里包括一九三六至一九三七年间, 萧红寄给萧军的四十二封信, 及萧红保存萧军给她的四封信。每信后都附有萧军在一九七八年加上的注释。只要读者留心发信日期, 注释人怎样对待发信人的感情, 再仔细看注释提到"我"和"她"的比较, 也看萧红信中的情绪变化，那么两个人的个性，就完全活现眼前。如果想了解萧红的悲剧，这书里有足够的材料。

萧红也许真像萧军口中所说的"孩子"，又也许爱得太切，竟全然不懂得自己对人的关心，会有如此结果。远在日本，写信也不忘"庄严"地叫爱人买个软枕头，免得爱人睡硬枕坏了脑神经。注释上就出现一段话"她常常关心得我太多，这使我很不舒服，以至厌烦。"她信中吩咐他多吃水果，不要吃鸡子，注释就写："在生活上干涉得过多，我几乎有点厌烦，以至怕她了。"信末偶然附一句："腿肚上被蚊虫咬了个大包。"注释就写："腿肚上被蚊虫咬了个大包，她也会说一说的，好像如此一说，这大包就可不痛不痒了，其实我对她这大包，能有什么办法呢？"信中提及朋友对他的评价是"很厉害的人物，并且很有魄力"，而她听了很替他高兴，结果得到的注释是："我知道她并不真正欣赏我这个厉害而很有魄力的人物；而我也并不喜欢她那样多愁善感……的人。"多病的人来封短简说："你则健康，我则多病，常兴健牛与病驴之感。"注释就写："健牛和病驴，如果是共同拉一辆车，在行程中和结果……不是拖垮了病驴，就是要累死健牛……若不然，就是牛走牛的路，驴走驴的路。"

抄了许多，大概，箭，我是借了，也射回了。

如果说别有用心，那恐怕是想为死去的病驴说句不平
罢了！

一九八一年二月二十五日

斯人寂寞

这几年，萧红研究，在中国已由冷变热，又渐渐由热转冷。研究者、亲者与非亲者都纷纷以萧红为题，把可挖的萧红事与文尽力挖出来了。愈看得多写萧红的文章，特别与她有过亲密关系的人所写的东西，就愈叫人感到萧红可怜——在那个时候，烽火漫天，居无定所，爱国爱人都是一件很艰难的事。而她又是个爱得极切的人，正因如此，她受伤也愈深。命中注定，她爱上的男人，都最懂伤她。我常常想，学术论文写不出萧红的悲哀，还是写个爱情小说来得刻骨铭心。

一直以为一九五七年她的骨灰自香港迁葬广州，总算在祖国土地上落叶归根，但又怎料，那只是她一半的骨灰而已，还有一半竟仍散落香江。

我说"散落"，是悲观的估计，因为端木蕻良先生说当年他把萧红一半骨灰，偷偷埋在圣士提反女校校园的小山坡上，他希望我能找出来。

那个倚在屋兰士里旁的小校园，多年前是我天天路过的，园中小坡上，只见幽幽树影，也没有人走动，悄悄的恐怕比萧红家乡那"后花园"还要岑寂，我从没想过那儿的朝东北坡上，竟也悄悄的埋着一个可怜女人的一半骨灰。几年前，园里动了一次工程，不知道会不会惊动了那坎坷的灵魂，怕只怕有人发现了那只好看的花瓶，就会扔掉瓶中灰，把它当成古董卖去。又或者那瓶早已碎于锄下，骨灰混和泥土，永回不了呼兰河畔。

几次站在圣士提反的校园外，我满心凄怆，能不能找到那一半骨灰，那就得看天意了。

如此深爱着人的人，竟如斯寂寞，才华对她来说，又有什么意义？

一九八六年十二月二十二日

萧红《呼兰河传》的另一种读法

一

难怪中国当代年轻一代的文学批评家认为："一个认真的文学批评家大概是免不了要苦恼的。"[①]因为长年累月，大陆的文学批评家往往习惯了拿一把特定的尺，去选取作品"及格"的部分，然后把它嵌进容许的艺术观点里。万一遇上"不及格"部分，如果不是要乘势鞭挞作者一番的话，就只好视而不见，或者避重就轻，或者兜个大圈，勉强为作者开脱。读茅盾（一八九六～一九八一）在一九六四年为萧红（一九一一～一九四二）《呼兰河传》写的序[②]，早就充分证实了这种苦恼。

茅盾写这篇序言，可以说很不符合四十年代文学批评的格式，因为他把自己某些个人心绪感情投射在作品中，直接影响了他的尺度。当时他正被"寂寞"与"感伤"情绪笼罩[3]，加上对萧红坎坷遭遇的理解与关怀，令他笔下多了几分同情，或甚至可以说"偏袒"。在序言中，他强调了萧红作品呈现的"寂寞"情调，但同时他不能漠视全书分量占比重最多的小村风土画，和萧红所写的一群屈服于传统的人物。这些人物，正如有些批评家说，不够积极，全是"甘愿做传统思想的奴隶而又自怨自艾的可怜虫"[4]，这些画面一点也不如一般人说的美丽。就当年的文艺作品品评标准来说，这样的人物、社会描绘，一定称不上健康写实，只会反映了作者的思想弱点。茅盾理解萧红，要保护她就必须为她开脱，于是作了下面的解释：

> 也许你要说《呼兰河传》没有一个人物是积极性的。都是些甘愿做传统思想的奴隶而又自怨自艾的可怜虫，而作者对于他们的态度也不是单纯的。她不留情地鞭笞他们，可是她又同情他们：她给我们看，这些屈服于传统的人多么愚蠢而顽固——有的甚至于残忍，然而他们的本质是良善的，他们不欺诈，不虚伪，他们也不好吃懒做，他们极容易满足。[5]

这样说还怕不够力，更须横加一笔，以策"安全"。

在这里，我们看不见封建的剥削和压迫，也看不见日本帝国主义那种血腥的侵略。而这两重的铁枷，在呼兰河人民生活的比重上，该也不会轻于他们自身的愚昧保守罢？⑥

面对有些论者批评萧红"完全将她自己关在自己的小圈子里"，"已经无力和现实搏斗，她屈服了"⑦，茅盾也无奈地再为她开脱：

她的一位女友曾经分析她的"消极"和苦闷的根由，以为"感情"上的一再受伤，使得这位感情富于理智的女诗人，被自己的狭小的私生活的圈子所束缚（而这圈子尽管是她咒诅的，却又拘于惰性，不能毅然决然自拔），和广阔的进行着生死搏斗的大天地完全隔绝了，这结果是，一方面陈义太高，不满于她这阶层的知识分子们的各种活动，觉得那全是扯淡，是无聊，另一方面却又不能投身到农工劳苦大众的群中，把生活彻底改变一下。这又如何能不感到苦闷而寂寞？而这一心情投射在《呼兰河传》上的暗影不但见之于全书的情调，也见之于思想部分，这是可以惋惜的，正像我们对于萧红的早死深致其惋惜一样。⑧

我费了一番笔墨引用茅盾的序言，首先想证实在四十年代写文评的人的某些程式，左兜右转，最终都必须回到当时文评的大潮中去。但最重要想说的是：几十年来，评论萧红《呼兰河传》的人，竟然也无法摆脱这种程式。

开放十年以来，文艺批评尺度稍稍宽松了，最初依然有人放心不下，除了紧随茅盾的解析之外，还要强暴地为萧红加上一项安全帽，说从《呼兰河传》中可以见到：

> 萧红虽出生在一个地主家庭，但她对劳动人民却是非常同情和热爱的。……童年生活，对她后来认识封建地主阶级的本质，产生憎恨封建统治阶级的思想，最终背叛自己的阶级走上革命道路，有很大的启示和影响。……终于成为一位反帝反封建的勇士，自觉自愿地置身于民族解放斗争的漩涡之中。[9]

不久有人尝试从另一研究角度出发，从茅盾序言中拈出"寂寞"这一点，加以扩展[10]，也有人从文字结构及叙述方式等方向去挖深[11]，使文评研究渐渐有了新的格局。可见要打破旧有的批评模式，要冲开思维程式的禁锢，真是一条艰难而漫长的道路。

二

说"寂寞",说"生与死"[12]，都能把《呼兰河传》的主题点出来。但细细阅读这作品，我们往往可从萧红平淡真切的文笔中，触及一种极浓郁的悲哀，那不是来自"寂寞"的悲切，又不是来自"生与死"的慨叹，而是对一种已入沉痼的病态，残忍剖析后的无奈。石怀池说，在这作品中，"生活的真实似乎已降到次要的地位"[13]，那真是睁着眼睛说瞎话。就算茅盾真的想为萧红开脱，但他说《呼兰河传》中的人物"不欺诈不虚伪"[14]，同样不免过于牵强，或者他可能有隐衷，不能甚至不敢接触萧红作品的核心。

除了"寂寞"、"生与死"外，农民生活和农民性格的描绘，也是《呼兰河传》重要的主题。萧红洞察生活于贫困小城的农民性格，她更明白这些性格，其实是中国民族性的重要部分，为了不忍中国民族的沉沦不拔，她用相当恳切的感情，却用不留余地的态度，把这种沉潜入骨的病根挖出来。中国民族的灵魂能否因此而获得改善，她预计不到，但在困惑与无奈中，她仍有点盼望。

要读到《呼兰河传》的核心去，我相信鲁迅（一八八一～一九三六）给了我们很大的启发。鲁迅曾说过中国文人对于人生，向来没有正视的勇气，只采取了一种特殊方法，就是：

> 万事闭眼睛，聊以自欺，而且欺人，那方法是瞒和骗。⑮

但他针对的其实不单是文人，因为文人的这种性格，不过是民族性的一个抽样罢了。因此，他继续要说出来的是：

> 中国人的不敢正视各方面，用瞒和骗，造出奇妙的逃路来，而自以为正路。在这路上，就证明着国民性的怯弱、懒惰，而又巧滑。一天一天的满足着，即一天一天的堕落着，但却又觉得日见其光荣。⑯

"瞒和骗"，不敢正视各方面，也就是"自欺欺人"，中国民族灵魂里就有这些糟粕，掌握鲁迅这些话，就可从《呼兰河传》中，找寻萧红如何或浓或淡，或深或浅地挖出这些糟粕来。

"自欺欺人"成了一条或隐或现的线索，贯串着整个作品。小城内外的人，大多都患有"自欺欺人"的病，如果说这就是"屈服于传统的人多么愚蠢而顽固"，未尝不可，他们正如茅盾所说"本质是良善"的，但他们无知而顽固，愚蠢而欺诈，自以为"良善"，所作的一切都为了别人好。他们自足于一个自己建构的"自欺"圈套里，或者应该说是显现着民族性格的糟粕。瞒与骗的手段层出不穷，可是问题没有解决，他们依旧痛苦不堪，又令他人痛苦不堪，最后只好牺牲一些比较善良的人。

遥远的呼兰城，并没发生什么幽美的故事，在天真的小孩子心目中，充满荒凉寂寞。日出日落，人们平平淡淡过年过月，出生死去。萧红从小城的大大小小生活动态中，看出了阵阵的悲凉。

三

在第一章出现的"瘟猪肉"，是一个很好的象征。贫穷的小城人知道吃"猪肉"有益，也是很有体面的事情。同时又知道"瘟猪肉"吃了可能会生病，可是总有人冒险吃了。吃了生不生病还不打紧，因为只有自己知道，但千万别让人家知道。这样自足于"吃了猪肉"这回事，由于吃的是"瘟猪肉"，也得瞒着别人。可惜，偏偏还有入世未深的小孩子"不知时务"，在大人面前"很固执"，仍是说："是瘟猪肉吗！是瘟猪肉吗！"⑰，到头来只惹来母亲一顿打，外祖母本想安慰一番，只因抬头看见邻里站在门口往里看，也只好朝孩子屁股上哐哐地打起来，还说着"谁让你这么一点你就胡说八道！"孩子心眼清明，只因说了实话，冲击了大人"自欺欺人"的特性，就只好被打，"哭得也说不清了"。

还有那些买卖麻花的双方，萧红用不厌其详的笔墨去描绘卖麻花的人怎样挨家逐户去招徕，每户人家怎样用脏手在筐子里挑了又摸。旁观的读者早如作者一样，清楚知道麻花脏的程度，只是买得麻花的老太太却"一边走一边说：'这麻花真干净，油亮亮的。'"而卖麻花的人也说："是刚出锅的，还热忽着哩！"[18]作者写到这里，就兀然停住了。读者作者心里有数，只是我们都不像不知时务的小孩子，也就是不会把实情说穿了。

四

许多零零碎碎的民生琐事，在此不再一一列举了。而在第二章里，萧红描绘了呼兰城五个"盛举"：跳大神、唱秧歌、放河灯、野台子戏、娘娘庙大会。正如萧红说：

> 这些盛举，都是为鬼而做的，并非为人而做的。至于人去看戏、逛庙，也不过是揩油借光的意思。……

只有跳秧歌，是为活人而不是为鬼预备的。……趁着新年而化起装来，男人装女人，装得滑稽可笑。⑩

这些都是装神弄鬼而人趁机"揩油借光"的事。

"跳大神"说是神降人身，为人治病。大神二神都是"人"，请神的人只能相信这些"人"是"神"，得杀鸡供酒供红布来孝敬"神"：

> 这鸡这布，一律归大神所有，跳过了神之后，她把鸡拿回家去自己煮上吃了，把红布用蓝靛染了之后，做起裤子穿了。

说穿了也只不过是瞒和骗那么一回事。求神的是自欺，装神的是欺人，治病好不好，那与看热闹的无关。

放河灯这种风俗，为了让每一个鬼托一个河灯去脱生，可是鬼果然得了灯吗？河灯是这样归宿的：

> 河灯从几里路长的上流，流了很久很久才流过来了。再流了很久很久才流过去了。在这过程中，有的流到半路就灭了。有的被冲到了岸边，在岸边生了野草的地方就被挂住了。还有每当河灯一流到了下流，

就有些孩子拿着竿子去抓它，有些渔船也顺手取了一两只。到后来河灯愈来愈稀疏了。

至于野台子戏，分明是"戏"。人们为了感谢天地一年来的照顾而设，可是台下还有一家家"活戏"，萧红借机探究了人间的恩怨。唱戏的人怕远处的人听不见，拼命在喊，"喊破了喉咙也压不住台"，只因人们关心的不是天地之神有没有来享领。在锣鼓喧天中，他们心安理得，自以为已经完成祭神心愿。

提到娘娘庙会，萧红就说起庙中的老爷、娘娘塑泥像来，葛浩文（Goldblatte Howard）认为那是萧红的"女权主义"的表现[20]，从另一个角度看，那又何尝不是"自欺欺人"民族特性的显现？且看她如何说：

> 塑泥像的是男人，他把女人塑得很温顺，似乎对女人很尊敬。他把男人塑得很凶猛，似乎男性很不好。其实不对的。……那么塑像的人为什么把他塑成那个样子呢？那就是让你一见生畏，不但磕头，而且要心服。……至于塑像的人塑起女子来为什么要那么温顺？那就告诉人，温顺的就是老实的，老实就是好欺侮的。

塑像的存在就是一个欺人的东西，塑像的人再摆弄一下，就成了双重的欺人了。去逛庙的女人，为的是去讨子讨孙。她们从子孙娘娘旁边，偷抱走一个泥娃娃，据说来年就会生儿子。明明去向神讨子孙，偏偏要"偷"，偷的却是泥娃娃，真是欺神欺人，至于来年能不能添出个子孙来，也没有人会追问。

跳秧歌是为活人而预备的，萧红写得最少。那轻轻一笔带过的"化起装来"，"男人装女人"，也正把复杂的"欺人"程式，简化地呈现出来。

五

无知、愚昧、顽固的人，由于自欺欺人的特性造成的悲剧，无过于第五章里团圆媳妇的遭遇了[21]。这章占全书的分量很多，内容也够令人惊心动魄。出场的人物，一个个自以为善良，为他人着想，结果一步一步把无辜的团圆媳妇推向死地。

这个可怜的老胡家团圆媳妇，一开始就被安排在"瞒和骗"的处境中。她十二岁，可是为了"长得高，说十二岁怕人家笑话"，就被家人说成是十四岁。至于好端端一个小姑娘，怎样由笑呵呵，变成天天哭半夜哭，到要跳大神驱病，终于弄得被人在众目睽睽下用热水浇死。其中过程，从小事到大事，由当事人到旁观者，都充满"自欺欺人"的特性。

团圆媳妇的病是那自以为善良的婆婆打出来的。出主意的人真热心，有的主张到扎彩店去扎个纸人当"替身"，有的主张给她画上花脸，让大神看了嫌她太丑，也许就不捉她去当弟子了。这说明人最初想用"欺"神（人）的手法来挽救她的生命。往后来了一个开偏方的人，胡乱开了方子，骗了老胡一家。最巧妙的一笔：原来这个欺人的人，早在三年前，被一个妇人骗了半生积下来的钱财，变成半疯，这件事就只有老胡一家不知道。这里显现出一个荒谬的循环：老胡家骗人，又被开偏方的半疯子骗了，而半疯子又是个被人骗了的人。

在整个悲剧里，婆婆正是个"自欺欺人"的典型人物，她自以为对团圆媳妇好心一片，不计钱财想尽办法"挽救"这条买来的生命。强调"没有给她受气"，可是"只打了她一个多月"，"吊在大梁上……用皮鞭抽……打昏过去"。"用烧红过的烙铁烙过她的脚心"。最后当众撕掉她的衣裳，让她赤裸裸在大缸里用烫水洗了三次澡。就在种种折磨下，小姑娘连大辫子都掉下来了，人们还硬说她是妖怪。很肯定，婆婆没心要弄死小媳妇，她自信"一生没有做过恶事，面软心慈，凡事都是自己吃亏，让着别人"。何况为了小团圆媳妇，她也花了不少吊钱，但到底还是悲剧收场。至于抽帖儿的云游真人，更花巧层出，次序不乱地欺骗婆婆。最后他竟然扮起专好打不平的好汉来，好像要为团圆媳妇主持正义，到头来也不过为了多赚几十吊钱。

可怜的小媳妇终于死去，据说灵魂变了一只大白兔，常到东大桥下来哭，有人问她哭什么，她就说要回家，那人若说："明天我就送你回去……"，白兔子擦擦眼泪，就不见了。最令人唏嘘的是团圆小媳妇一直处在"骗"的现实生活中，没想到，至死不休，人们连冤魂也骗了。可见这毕竟是一种延绵不断的病根。

六

书中的有二伯，是个落寞又性情古怪的寄生者②。一个活着却与一切人不相干的人。他最忌别人叫他的乳名："有二子，大有子"，那是自卑的来源。顽皮小孩若作弄他，假意尊称他"有二爷"，他就"立刻笑逐颜开"。他的快乐来自"自欺"。他耍猴不像耍猴，讨饭不像讨饭，也偷过东西，可是他走起路来，"好像位大将军似的"。他永远内荏外强，多少带了阿Q的身影，那也正是鲁迅要着意挖出的民族性格糟粕。

给茅盾称为全书"生命力最强的一个"的磨官冯歪嘴子，是萧红笔下最实实在在生活过来的人。但仍只是迷迷糊糊的"坚强"，他在这世界上，他不知道人们用绝望的眼光来看他，"他不知道他已经处在了怎样的一种艰难的境地。他不知道他自己已经完了。他没想过"㉓。虽然萧红还在他身上抹上一丝对未来的盼望——他的孩子一天比一天大了，但读到第七章结尾时，读者不禁想，那个由他辛苦养大成人的儿子，在呼兰城里，顶多也不过像他自己一生那样子，继续处于一种艰难境地。萧红已经极形象地为这小孩子预卜了以后的命运，她这样写小孩子的表情：

　　那孩子刚一咧嘴笑，那笑得才难看呢，因为又像笑，又像哭。其实又不像笑，又不像哭，而是介乎两者之间的那么一咧嘴。㉔

一个可怜的生命，一种尴尬的处境，完全刻画了呼兰城人的命运。

最后，本文不得不说说向我们展示呼兰河面貌的"我"了。我们都相信这作品正是萧红童年印象的重组，在她记忆中忘不了，难以忘却的。萧红生长在小城里，悲哀的是她自己也无法摆脱自欺欺人的氛围。天真的小孩，自然免不了被欺骗。她就像其他呼兰河小孩一样，喜欢吃过晚饭就去看火烧云。这段描写很有象征意味，孩子沉醉的火烧云幻化成一匹马、一条狗、大狮子等等，"其实是什么也不像，什么也没有"[25]，可是小孩子就满心欢喜看足一个黄昏。"火烧云"说明了一件事，他们从小到大，看到的所谓美丽东西，都并不真实存在。萧红一生最信赖的祖父所许下的诺言，也不真实。祖父也曾许诺"你不离家的，你哪里能够离家"[26]，可是，到头来许诺落空了，小主人也得逃荒去了，直到写成这书的时候，她流落在一个南方海岛上，怀恋着火烧云，一切都是虚幻，生命被自欺欺人的特性折磨着，最后变成一个不安的灵魂，也真的归不了家。

七

"自欺欺人"既是中华民族性格中的糟粕，要改造民族，必须先把糟粕挖出来，鲁迅说：

> 大概，人必须从此有记性，观四向而听八方，将先前一切自欺欺人的希望之谈全都扫除，将无论是谁的自欺欺人的假面全都撕掉，将无论是谁的自欺欺人

的手段全都排斥……这才可望有新的希望的萌芽。㉗

鲁迅写了阿 Q，萧红写了荒凉小城里那群毫不积极的人，相信也有迹追鲁迅的意图。至于这良好的意愿，结果如何，我不由得不想起书中开首不久所描绘的那个大泥坑。凡读过《呼兰河传》的人，都很难忘记那个大泥坑。呼兰城里的人，给大泥坑弄得人仰马翻，无论晴天雨天，都有麻烦，严重的闹出人命来，可说受尽折磨。面对这个呼兰河的糟粕，他们也不是没想过改善办法，只可惜：

> 说拆墙的有，说种树的有，若说用土把泥坑来填平的，一个人也没有。㉘

拆墙、种树来对抗大泥坑，毕竟是无知愚昧的想法。几十年来，总该有人想出"填平它"这办法来罢？可是事隔几十年，散文家姜德明在一九八一年到了呼兰河，赫然还看到那大泥坑，难怪他感到意外，同时也有点惊愕。他说：

> 我的心还是不能平静。萧红怎么会想到，她所感慨的那个大泥坑，多少年来仍然没有人去把它填平呢！㉙

"大泥坑"在作品中很有象征意义，而八十年代它还未填平，也就具有更深一层象征了。

一九九一年七月七日完稿

① 王晓明，《批评家的苦恼》，见《所罗门的瓶子》，浙江文艺出版社，一九八九年五月，页二五九至二六二。

② 萧红，《呼兰河传》，黑龙江人民出版社，一九七九年十二月，本文所用引文均据此版本。

③ 茅盾一九四六年四月十三日第三次到香港，在政治纷乱中躲逃。他重临香江，心情矛盾与抑悒，因正值爱女沈霞逝世不久，触景伤情，想起女儿小时候在香港的情况，就联系到萧红早逝这悲剧上去，故序言第一节是看得出他正沉浸于"愤怒也不是，悲痛也不是……愿意忘却，但又不忍轻易忘却"的痛苦中。故这序言内涵对生与死、寂寞等题材特别敏感。

④ 茅盾，《呼兰河传·序》，见《呼兰河传》，黑龙江人民出版社，一九七九年十二月，页一至一〇。

⑤ 同注④。

⑥ 同注④。

⑦ 石怀池，《论萧红》，见《石怀池文学论文集》，耕耘出版社，一九四五年，页九二至一〇五。

⑧ 同注④。

⑨ 彭珊萍，《略论〈呼兰河传〉的艺术结构》，见《萧红研究》，北方论丛编辑部，一九八三年，页一六六至一七三。

⑩ 例如：陈乐山，《"寂寞"——萧红散文的基调》，见《惠阳师专学报.社科版》，一九八六年一月，页三九至四三。

⑪ 赵园，《论萧红小说兼及中国现代小说的散文特征》，见《论小说十家》，浙江文艺出版社，一九八七年五月，页二一三至二五二。

⑫ 同注⑪。

⑬ 同注⑦。

⑭ 同注④。

⑮ 《论睁了眼看》，见《语丝》三十八期，一九二五年八月三日，后收入《坟》，见《鲁迅全集》第一册，人民文学出版社，一九八一年，页二三七至二四二。

⑯ 同注⑮。

⑰ 同注②，页一四。

⑱ 同注②，页二八。

⑲ 同注②，第二章引文各见页三七至六三。

⑳ 葛浩文，《萧红新传》，三联书店（香港）有限公司，一九八九年九月，页一五九至一六〇。

㉑ 同注②，以下各引文见页一一三至一五九。

㉒ 同注②，以下各引文见页一六〇至一八五。

㉓同注②，页二一四。

㉔同注②，页二一四。

㉕同注②，页三二。

㉖同注②，页九〇。

㉗《忽然想到》，收入《华盖集》，见《鲁迅全集》第三册，人民文学出版社，一九八一年，页八八至九六。

㉘同注②，页一二。

㉙姜德明，《初见呼兰河》，见《相思一片》，北京人民出版社，一九八七年五月，页二〇九。